D1602490

Código 7
Descifrando el código para una vida épica

7 niños. 7 historias.

¡Explora el mundo de siete niños que se encuentran prepa-rados para descifrar el código con el fin de alcanzar una vida épica! Sigue sus historias mientras persiguen sus sueños en el escenario, buscan a un pez escurridizo de gran tamaño, o inician un negocio improvisado desde su casa del árbol. Averigua cómo encuentran la forma de trabajar juntos para cambiar su comunidad.

"Los educadores y los padres apreciarán las lecciones de vida en cuida-do, ética en el trabajo, y apreciación del trabajo en equipo que son tan importantes durante los años de formación de un niño".
—School Library Journal

"Johnson es un resuelto narrador, y cada uno de sus siete cuentos encarna una característica diferente e importante que toda persona de éxito debe poseer".
— Kirkus Reviews

"¡Me encantó este libro! La obra es increíble y de ritmo rápido… Lo leí para poder comprar un set para mi clase de primaria. Es perfecto para que todos puedan leerlo juntos y hablar sobre él. También es estupendo para estudiantes de dos idiomas. No veo libros como este, que incluyan inglés y español. Gracias de nuevo. ¡Me encantó este libro! Muchas gracias."

— Sindy Martinez, Profesora de escuela primaria

SOBRE EL AUTOR

Bryan R. Johnson es un aventurero de la vida real. Cuando no está escalando los picos del Monte Kilimanjaro o volando aviones, está explorando el funcionamiento interno del cerebro humano e invirtiendo en ciencia innovadora. Bryan prefiere los golpes de puño a los apretones de manos, el hip hop al jazz, y pizza sin corteza.

Más libros de Bryan R. Johnson

The Proto Project
A Sci-Fi Adventure of the Mind
(English Edition)

El Proyecto Proto
Una Aventura de Ciencia-Ficción de la Mente
(Edición en inglés)

Cuando Jason conoce el invento de un billón de dólares de su madre, un dispositivo de inteligencia artificial llamado Proto, accidentalmente se ve envuelto en una misteriosa aventura. Proto desaparece, y luego también lo hacen personas. Ahora Jason y su fantástica vecina Maya deben arriesgar sus vidas para impedir el caos mundial. ¿Pero quién está detrás de este malicioso plan? ¿Es otra IA? ¿Es el FBI? ¿O cualquier otra abreviatura con una I? ¿Qué puedes descubrir exactamente acerca de la inteligencia humana y artificial mientras peleas por salvar tu vida frente a una legión de cachorros peludos o un batallón de drones? Mucho, si es que vives para contarlo.

Código 7

Descifrando el código
para una vida épica

Bryan R. Johnson

A mi Jefferson, Talmage, y Genevieve;
no puedo imaginarme un mundo sin alguno de ustedes.

Un agradecimiento especial a Vickie Guzman y Isabel Fernández por supervisar la traducción de Código 7 en español.

To my Jefferson, Talmage, and Genevieve,
I can't imagine a world without each of you.

TABLA DE CONTENIDOS

EN ESPAÑOL

Un mundo de posibilidades	1
Bolitas de Gloria	13
Manéjese con cuidado	27
El monstruo	41
¡Rómpete una pierna!	55
¡Santos roedores!	67
Código 7	77

IN ENGLISH

A World of Possibilities	95
Smash Mouth Taffy	107
Handle With Care	121
The Monster	133
Break a Leg	147
Oh Rats!	159
Code 7	169

1

Un mundo de posibilidades

En el auditorio de la escuela, Jefferson se sentó con su clase de quinto curso mientras los estudiantes de primaria de Flint Hill iban entrando. El día llegaba a su fin, y él ya estaba preparado para irse. No le importaban mucho las asambleas: sermones sobre acoso, seguridad escolar... un aburrimiento. Mientras esperaba, sacó de su bolsillo una pequeña libreta y un lápiz y empezó a dibujar. A Jefferson le encantaba dibujar, algo que solo superaba la pintura. El mejor amigo de Jefferson, Darren, estaba sentado a su lado.

—¿Y ahora que estás dibujando?

—Lo de siempre— dijo Jefferson—. Lo que veo.

Jefferson hizo un boceto de la escena que tenía delante. Dibujó a la directora Cooler, que estaba en el escenario frente a una gran pizarra, poniendo atención en su pelo rizado y gafas de montura negra.

La directora Cooler aclaró su garganta.

—Estudiantes y personal de la escuela —comenzó a decir—, este es un año importante para Flint Hill. ¡Nuestra escuela celebra su cincuenta aniversario!

—Pero el edificio de la escuela ya se ve viejo. Es hora de que hagamos algo al respecto.

Cientos de murmullos llenaron el auditorio. Jefferson dejó de dibujar, preguntándose qué habría querido decir la directora Cooler.

—¡Van a tirar este lugar! —Darren golpeó con el puño la palma de su mano—. ¡Bam!

—Ni lo sueñes.

Jefferson sabía que eso no sucedería. Flint Hill tenía su orgullo y la pequeña ciudad tenía aún más. Algún famoso científico que había inventado el plástico, o algo así, había estudiado ahí. Jamás demolerían la escuela.

La directora Cooler tomó un trozo de tiza de la bandeja.

—Hoy quisiera escuchar sugerencias sobre cómo podemos hacer que la escuela se vea mejor que nunca para nuestra celebración de aniversario. ¿Quién tiene una idea?

Docenas de manos se elevaron en el aire. La directora Cooler señaló a un niño de segundo curso.

—Construyamos una montaña rusa que empiece en la cafetería y terminé en la parada del autobús—, dijo.

—Montaña rusa. —La directora Cooler escribió las palabras en el pizarrón. —Puede que eso sea un poco exagerado, pero gracias por tu sugerencia.

Se giró para dirigirse a la audiencia.

—Ahora, ¿qué más se podría hacer para que la escuela destacara realmente? —Jefferson pensó en Flint Hill, ubicada en la cima de la colina, con ese césped verde tan bien recortado. El césped siempre se había visto bien porque el señor Summers, el jardinero, tenía el don de dibujar diseños perfectos con su cortadora de césped. Pero en contraste, el edificio en sí era una miserable caja de zapatos rectangular de dos pisos. Había sido pintado una y otra vez de blanco para que pareciera nuevo, cuando era evidente que no lo era.

Algo que sobresalga, pensó Jefferson. Y luego se le ocurrió.

—¡UN MURAL! —gritó, y todos voltearon a verlo.

—¡Podemos pintar algo genial en la pared lateral del edificio!

—¿Algo como grafiti? —preguntó Darren. —¡Genial!

La audiencia vibró de emoción.

—¿No es eso ilegal? —preguntó alguien.

—¡Fantástico! —dijo otro.

Darren comenzó a corear: —¡Mural, mural, mural!

Jefferson le dio un codazo a Darren para evitar que hiciera una escena, pero parecía que la idea de Jefferson ya se había apoderado del auditorio.

—¡MURAL! ¡MURAL! —gritaban todos.

Mientras los maestros trataban de calmarlos a todos, la directora Cooler consideró la idea. Esperó hasta que todos se calmaron y colocó la tiza en su lugar.

—¡Un mural es una idea fantástica! Se vería maravilloso en la pared con vistas al césped que da hacia la ciudad. Transformaría la escuela por completo. Pero ¿quién lo pintaría?

—Eso es sencillo —dijo Darren. —Jefferson puede dibujar cualquier cosa.

Las orejas de Jefferson ardían. *Darren, basta.* ¿Cómo podría él hacer el mural? No era un artista, como los verdaderos adultos a los que se les pagaba para hacer eso.

—Es cierto —dijo Katherine, una compañera que estaba sentada en una fila detrás de él—. Todos saben que Jefferson es un súper artista. La señorita Baar siempre usa sus trabajos como ejemplo en la clase de arte.

Jefferson tragó en seco. ¿Ella hace eso?

La señorita Baar se puso de pie en la primera fila.

—Directora Cooler, no dudo que Jefferson pueda pintar algo perfecto para el mural. Es un verdadero artista. Yo sugeriría que lo pusiéramos a cargo de la obra.

Jefferson se quedó sin aliento. ¿Verdadero artista? ¿Ponerme a cargo? ¿Qué le había echado la señorita Baar a su café esa mañana?

Pero antes de que Jefferson pudiera rechazar el trabajo, Darren había empezado otra ronda de cánticos.

—¡Jefferson! ¡Jefferson! ¡Jefferson!

La decisión se había tomado.

Después de que terminó la asamblea, los estudiantes quedaron libres el resto del día.

La directora Cooler detuvo a Jefferson frente a su casillero. —No puedo esperar a ver tu visión del mural.

—¿Mi visión? —murmuró Jefferson mientras colocaba algunas cosas en su mochila. —Quise decir, ¡mi visión será genial!

La directora Cooler era toda orden y organización. Abrió su agenda y recorrió la página con su dedo. —Nuestro aniversario es en un mes. Voy a invitar al alcalde, así que necesitas empezar lo antes posible. Nos reuniremos la semana entrante para revisar tu plan —dijo, cerrando el libro con un golpe. —¿Te parece bien? ¡Perfecto!

Giró sobre sus talones y dejó a Jefferson solo, parado frente a su casillero.

¿El alcalde? ¿Un plan para la próxima semana?. Se colgó la mochila sobre el hombro y cerró su casillero. ¿Cómo iba a lograr hacer todo esto?

Salió por la entrada lateral. El señor Summers estaba montando la cortadora de césped, haciendo su corte semanal. Jefferson se dirigió hacia el césped y se volvió a mirar el lienzo más grande que jamás había visto. La pared de ladrillo blanco de dos pisos parecía no tener fin. ¿Con qué iba a llenar todo ese espacio? ¿Cómo iba a subir hasta allí?

Unos cuantos estudiantes vieron a Jefferson antes de subirse al autobús escolar. —Haz algo genial —dijo un niño. —¡Algo como serpientes!

—Pinta un zoológico —dijo una niña.

—No, ¡superhéroes! —sugirió otro niño.

Cuando los niños abordaron el autobús, Jefferson pensó en sus ideas. De pronto tuvo una idea. ¡Una visión! Sacó su libreta y anotó todo.

La semana siguiente, el auditorio de la escuela rugía con anticipación. La directora Cooler ya estaba en el escenario. Habían colocado una pantalla y Jefferson estaba de pie, detrás de una laptop. Una vez que los estudiantes se calmaron, la directora Cooler anunció: —Jefferson presentará su idea de diseño para el mural. Cuando haya terminado, les pediré sus opiniones.

Las manos de Jefferson empezaron a sudar mientras proyectaba la imagen. —Espero que les guste.

El auditorio se quedó en silencio mientras todos observaban el diseño de Jefferson. Había mucho que ver: superhéroes, un zoológico, serpientes, flores, una montaña rusa… prácticamente todo lo que le habían mencionado a Jefferson en la última semana.

Finalmente, una niña de kínder exclamó —¡El cachorro que yo quería está lindo!

Jefferson suspiró, aliviado. ¡Le gustó!

—Pero Chispita debería ser color de rosa—añadió la niña.

La sonrisa de Jefferson se desvaneció. Miró a la directora Cooler, que estaba de pie, a su lado.

—Interesante —dijo ella. Luego se alisó la falda y se enfrentó a la audiencia. —Levanten la mano si tienen comentarios para Jefferson.

Docenas de manos se elevaron. Un estudiante sugirió que Jefferson usara diferentes superhéroes, otro pensó que debía agregar una motocicleta, y otro quería que cambiara todos los colores a blanco y negro. Jefferson se mordió el labio y anotó todas sus ideas.

—No se preocupen—dijo la directora Cooler. —Jefferson tiene otra semana para llegar a una decisión final. ¡La asamblea ha terminado!

Después de la escuela, Jefferson salió a mirar la pared de nuevo, con la esperanza de lograr inspirarse. Saludó al señor Summers, que estaba segando perfectamente sus líneas de corte de un extremo al otro del césped, inclinando su cabeza. Jefferson se volvió para mirar su lienzo. Dos enormes pisos de pared blanca. Sin embargo, ¡él tenía suficientes ideas de todos los estudiantes como para un muro de cuatro pisos! ¿Cómo iba a diseñar algo que les gustara a todos?

CIELOS. Él era sólo un niño. ¡No era un artista de verdad!

Y entonces fue cuando se le ocurrió. ¡Claro!

Era sólo un niño, y lo único que había hecho era escuchar a otros niños. Los maestros eran los que hacían las reglas en Flint Hill. Debía averiguar lo que ellos querían, y entonces nada podría salir mal.

La semana siguiente todos se reunieron en el auditorio de nuevo. Jefferson sabía que este diseño lograría la aprobación inmediata. Después de que la directora Cooler logró captar la atención de todos, Jefferson proyectó una imagen en la pantalla. Ahí estaba Flint Hill con todo lo que los maestros pensaban que

representaría lo mejor de la escuela. Jefferson se veía radiante. El señor Averett, el bibliotecario, había pedido libros. La señorita Mislavsky pensó que las máscaras de drama se verían bien. La señora Mouritsen quería un halcón, la mascota de la escuela. Jefferson incluso puso la taza de café que la señorita Baar había dicho que realmente necesitaba en días pasados.

—Vaya —dijo la directora Cooler revisando la pantalla. —Veo que también has incluido una imagen de un cheque de paga más grande para el señor Lu. Interesante. Em… ¿alguien tiene algunos comentarios para Jefferson?

Cientos de manos se elevaron.

La directora Cooler eligió a una niña de la primera fila.

—¿Dónde está Chispita? —dijo.

—Sí, ¿qué pasó con todo lo que queríamos? —dijo otro estudiante.

Muchos de los estudiantes estaban molestos porque todo lo que habían pedido había desaparecido. Pero la gota que derramó el vaso fue cuando el señor Averett dijo que quería que los libros del mural estuvieran ordenados de acuerdo con el sistema decimal Dewey y no alfabéticamente.

Jefferson sintió un nudo en el estómago. Cuando miró su diseño de nuevo, no vio nada que lo hiciera sentirse confiado ni orgulloso. Era un desastre. El mural no se veía bien. ¿Cómo es posible que hubiera pensado que un montón de ideas de los maestros podrían resultar geniales? ¿En qué estaba pensando?

Pero la directora Cooler permaneció calmada como siempre.

—Escuchen todos, designamos a Jefferson para este trabajo porque es un verdadero artista, ¿cierto? Y Flint Hill no es una escuela ordinaria. Somos una escuela orgullosa. Vemos potencial en todas las personas, y las vemos también en Jefferson, al igual que lo hicimos con el inventor del plástico que estudió aquí hace veinticinco años. Demos a Jefferson el apoyo que necesita.

La directora Cooler aplaudió cortésmente.

—Yo creo en ti—dijo Darren de entre la audiencia. —¡Jefferson! ¡Jefferson! ¡Jefferson!

Minutos después, toda la escuela coreaba su nombre. Pero esta vez Jefferson se preguntaba si lo decían en serio, o si simplemente les encantaba poder gritar en la escuela sin meterse en problemas.

Después de que la asamblea terminó, Jefferson se dirigió al césped una vez más.

Allí estaba señor Summers, como un viejo amigo, cortando el césped a la perfección, haciendo que la escuela se viera terrible en comparación. Jefferson se quejó. ¡Tal vez era el señor Summers el culpable de que él estuviera metido en este lío!

Jefferson miró la pared, se acostó en el césped y cerró los ojos. Su cabeza estaba a punto de estallar con las ideas que todos le habían dado. De superhéroes a cachorritos y a libros de la biblioteca, lo había dibujado todo. Ya no quedaba nada por dibujar. Cerró los ojos mientras la cabeza le seguía dando vueltas.

—Oye, niño—dijo alguien.

Jefferson abrió los ojos. No tenía idea de cuánto tiempo había estado allí tirado.

El señor Summers estaba de pie frente a él. —No he cortado este pedazo todavía.

Jefferson se puso de pie. —Disculpe.

El señor Summers se quitó la gorra y se limpió el sudor de su frente. —Tú eres el niño que va a pintar esa pared, ¿no es así?

—Si, supuestamente.

—Qué bueno, porque esa pared hace que mi césped luzca mal. Espero que tu diseño sea perfecto.

—Si tan solo supiera cómo... a nadie le gustan mis ideas.

El señor Summers se rascó la cabeza. —Estoy confundido —, dijo, señalando la pared con su gorra. —Esa pared está en blanco. ¿No tienes que pintar algo primero? ¿Dónde están *tus* ideas?

Jefferson empezó a explicarle, pero mientras miraba fijamente la pared en blanco se le ocurrió algo. No había pintado nada que fuera de su propia inspiración. Había estado demasiado ocupado escuchando las ideas de todos los demás. ¿Dónde estaban las *suyas*?

El señor Summers caminó hacia a su cortadora de césped.

—Pinta la pared, muchacho—volvió a decirle, —y luego pregúntales lo que piensan. Ahora tengo que seguir cortando el césped.

Cuando el señor Summers encendió el cortacésped de nuevo, Jefferson echó un vistazo a la pendiente interminable de pasto perfectamente cortado que el jardinero ya había terminado.

Pinta la pared.

El señor Summers tenía razón.

Jefferson sonrió y sacó su libreta.

Al día siguiente, Jefferson le dijo a la directora Cooler lo que quería hacer. Ella le consiguió todo lo que necesitaba: la pintura, los pinceles y un ayudante: el señor Summers. Para pintar la pared, Jefferson usaba un arnés y trabajaba en una plataforma sostenida por cuatro grandes sogas que colgaban del tejado. El señor Summers movía a Jefferson alrededor de la pared usando las sogas. Todos los días después de la escuela hasta que la fecha del aniversario se acercó, Jefferson trabajó en su pintura.

Durante las siguientes dos semanas, lo único de lo que se habló fue del mural de Jefferson. Todo el mundo hacía conjeturas, pero nadie sabía lo que era porque Jefferson había estado cubriendo cuidadosamente cada sección terminada para protegerla de los elementos mientras se secaba.

Cuando finalmente llegó el gran día, la celebración del cincuenta aniversario de Flint Hill fue enorme. Prácticamente todos los habitantes del pueblo habían llegado para la gran inauguración del mural, incluyendo al alcalde. ¡Tenían que ver lo que había en esa pared!

La directora Cooler hizo un discurso sobre cincuenta años de orgullo… logros… y realizaciones. Jefferson estaba parado entre la directora y el alcalde, pero estar justo al lado del alcalde ni siquiera impresionaba a Jefferson.

Todos sus pensamientos estaban centrados en la gran develación de la pintura.

Finalmente, la directora Cooler dijo: —Y ahora, señor alcalde, Flint Hill presenta un mural que representa lo que somos como escuela y a la comunidad en la que vivimos, diseñado y ejecutado por uno de nuestros propios estudiantes. Jefferson Johnson, ¿nos harás el honor?

Jefferson caminó hacia el costado de la pared. Respiró profundamente y tiró de una cuerda que el señor Summers había colocado. La tela cayó.

Uno por uno, todos abrieron los ojos sorprendidos y quedaron boquiabiertos.

El mural era hermoso. *Impresionante. Genial.* Niños y niñas por igual empezaron a gritar y aplaudir. La directora Cooler irradiaba orgullo, como si Jefferson fuera su propio hijo y no el hijo de sus verdaderos padres, quienes estaban sentados en primera fila, gritando como locos.

Jefferson no podría haberse sentido más orgulloso. Era un artista, un verdadero artista con *visión.*

Después de que terminó la ceremonia, Darren le dio una palmada en la espalda a Jefferson.

—Cuéntame, ¿cómo supiste qué hacer?

Jefferson se encogió de hombros. —Como siempre, pinto lo que veo.

Jefferson y Darren observaron juntos el mural.

Jefferson había pintado una continuación de un césped verde perfectamente cortado que se extendía hasta encontrarse con un horizonte magnífico en la distancia. El cielo del mural coincidía con el verdadero, detrás de él. En la parte superior, Jefferson había escrito, "Flint Hill: Mira tus posibilidades."

Flint Hill parecía un edificio nuevo y, al igual que el césped del señor Summers, también era absolutamente perfecto.

2

Bolitas de gloria

D urante la hora de la cena Sebastián le dijo a su familia—pero yo realmente necesito el G-Force 5000. Prácticamente todos los niños de la escuela habían obtenido el sistema de juego durante las Navidades. Todos menos él.

—No creo que sea una buena idea, Sebastián.

Su madre se sirvió una ración de arroz en su plato.

—Nos gustaría verte haciendo algo más valioso con tu tiempo.

—Tal vez podrías anotarte en el equipo de fútbol —dijo su padre— como hizo Jason.

La pecosa cara de Jason se iluminó. —¡Si! Puedes estar en mi equipo

Sebastián miró al otro lado de la mesa a su tía abuela Martha, que siempre venía a comer con ellos los miércoles.

—¿Qué piensas tú, tía Martha? —le dijo, haciendo una cara de súplica y esperando que pudiera ayudarlo a resolver su problema.

La tía Martha soltó su tenedor.

—Creo que Sebastián debe ganarse el dinero para comprar este juego. Tal vez si dirigiera sus esfuerzos a hacer cosas útiles para ganárselo, se merecería los beneficios de tener G-Force

Los padres de Sebastián se miraron el uno al otro.

—Ganarse el dinero... —dijo su madre. —Sebastián podía lavar platos, cuidar niños... ¡me encanta esa idea!

—El césped necesita ser desyerbado— agregó su padre. —Y podría limpiar el garaje. Para cuando Sebastián junte lo suficiente para comprar el G-Force, nuestro niño será un hombre cambiado. Él podría tener lo que quiere si nos muestra que también puede ser útil.

Sonriendo, la tía Martha untó mantequilla en un panecillo.

—Me alegro de que se nos haya ocurrido algo.

Sebastián frunció el ceño. ¿Niñero, limpiar garajes? *Muchas gracias, tía Martha.* Preferiría comer pepinillos bañados en tripas de insectos antes de hacer todo eso. Empujó su silla hacia atrás.

—Si me disculpan, quisiera retirarme.

Se fue a su dormitorio, enojado por lo poco razonable que era esa idea. Se arrojó sobre su cama. Todo lo que quería era un simple juego, algo que los padres de todos los demás niños no tenían problemas para conseguir. Pero no, tenía que haberle tocado una familia que quería que él ayudara en la casa.

Alguien llamó a su puerta.

—Adelante —murmuró Sebastián.

La puerta se abrió y entró la tía Martha. Su bolso colgaba de su brazo. —¿Dije algo malo en la mesa, Sebastián?

Sebastián suspiró. —No, todo está bien.

La tía Martha se sentó en el borde de su cama. —Yo sólo estaba tratando de ayudarte.

—Lo sé.

Abrió su bolso y sacó un caramelo blando.

La tía Martha siempre tenía un montón de caramelos en su bolso. Se los daba a Sebastián desde que era pequeño.

—Puede que esto no resuelva tus problemas —, dijo la tía Martha, —pero mi caramelo te hará sentir...

—Como en la gloria—concluyó Sebastián.

Así es como ella llamaba a sus caramelos. El papel alrededor del caramelo decía lo mismo, escrito en la temblorosa letra de la tía Martha. Sebastián retiró el envoltorio y se metió el caramelo en la boca. Se derritió fácilmente, con una dulce suavidad. Al instante, se sintió mejor.

—¿Qué hay en estas cosas? — preguntó Sebastián.

—Sabes que no puedo decirte eso, Sebastián. Tu bisabuelo Nelson dijo que yo debía mantener el secreto de la receta familiar.

Le dio unas palmaditas a su bolso y continuó. —Este caramelo ha estado trayéndonos la gloria por más de 100 años.

— ¿Tanto tiempo?

—Así es—. La tía Martha se puso de pie. —Toma unos cuantos, parece que vas a necesitarlos.

Le entregó a Sebastián una bolsa de plástico llena de caramelos y salió de la habitación.

Sebastián se quedó mirando la bolsa. Luego cerró los ojos y deseó que se convirtieran un G-Force 5000.

Al día siguiente, todos los amigos de Sebastián en la escuela solo hablaban sobre los geniales juegos que habían estado practicando en el G-Force. Hablaron de ellos en el autobús, durante el almuerzo, en el recreo, y en el camino a casa. Si Sebastián no lograba tener uno pronto, se quedaría sin amigos al final del semestre cuando ellos se dieran cuenta de que él todavía usaba su antiguo sistema de hacía diez años, jugando el triste juego de ping-pong. ¿Cómo iba a conseguir un G-Force? ¡Y *pronto*!

Cuando Sebastián llegó a casa, se tiró en su cama y tomó un trozo de caramelo de su mesita de noche. Pensó en lavar los platos para su madre. ¡Uf! Ni hablar.

— ¿Sebastián? —Jason estaba parado en su puerta. Vestía su uniforme de futbol y tenía una caja de barras de chocolate en las manos. —Mamá me va a llevar a la tienda de comestibles para poder vender estos chocolates a los clientes que pasan. ¿Quieres ayudarme?

Sebastián desenvolvió otro caramelo. —¿Me vas a pagar? — preguntó, mientras se lo metía a la boca. *Cielos, estos caramelos son realmente buenos.*

—No, Sebastián. Se supone que gane dinero, no que lo regale. El entrenador Newbury dice que si vendo toda esta caja tendré suficiente dinero para mi próximo torneo.

Sebastián gruñó. *Apuesto a que papá y mamá están encantados porque Jason se está encaminando hacia el éxito en su carrera futbolística vendiendo chocolates. Fabuloso.*

Espera un segundo.

Sebastián se quedó mirando el envoltorio de caramelo en su mano. —Jason, ¡eres increíble!

A Jason se le iluminó el rostro. —¿Me vas a ayudar?

—No —. Sebastián se levantó y empujó a su hermano fuera de su habitación. —Buena suerte con los chocolates.

Al día siguiente, Sebastián decidió probar su nueva idea en el autobús escolar. Mientras sus amigos hablaban sobre el juego de G-Force más emocionante que estaban jugando, Sebastián sacó lentamente un trozo de caramelo. Lo desenvolvió y agitó una mano sobre él abanicándolo para que su delicioso olor se esparciera por el aire.

—¿Qué es eso? —preguntó su amigo Lincoln.

—Oh, nada. — Sebastián se puso el caramelo en la boca. Luego cerró los ojos y suspiró con satisfacción mientras masticaba.

—Oye —dijo Maddox —¡Comparte!

—Anda, sí —agregó Neal.

Sebastián levantó un dedo mientras masticaba y tragaba.

—No puedo. —Sacó la bolsa de caramelos de su mochila. —Sólo tengo unos pocos. Me gasté todos mis ahorros en ellos, pero si tienes veinticinco centavos, te daré uno.

En cuestión de segundos, Sebastián tenía tres monedas de veinticinco centavos en la mano. Fue entonces cuando Sebastián estuvo seguro de que esta era una idea maravillosa.

El miércoles siguiente, Sebastián ejecutó el siguiente paso en su plan. Durante la cena, mientras la tía Martha estaba ocupada hablando con su madre sobre lo último en tecnología de ganchos para tejer, metió una mano en el bolso de la tía Martha y rebuscó. Sus dedos se toparon con una pequeña libreta. *Perfecto.*

Sebastián armó su taller en la casa del árbol durante la tarde del día siguiente. Leyó la receta secreta del abuelo Nelson, que en realidad era bastante simple.

Mantequilla, azúcar, almidón de maíz y vainilla.

Según sus cálculos, podría hacer por lo menos una tanda cada noche, y podría venderlos todos en el autobús de la escuela en un par de días. Tendría un G-Force en sólo unas semanas, si las cosas iban bien. Sacó el mechero Bunsen que había robado del laboratorio de Ciencias, la olla gigante de su madre, los ingredientes necesarios y el papel encerado de la cocina, y se puso a trabajar.

Al día siguiente, los caramelos de Sebastián se vendieron todos en el autobús, incluso antes de que llegaran a la escuela. Hasta el conductor del autobús, el señor Steve, compró uno. Cuando Sebastián estaba a punto de bajarse, el señor Steve lo detuvo.

—¿Cómo se llama este maravilloso caramelo, hijo?

—Los caramelos de la tía Mar...quiero decir, este... ee... ¡Bolitas de gloria!

Sebastián, eres brillante. Sonrió para sus adentros.

—Ese nombre le va muy bien. Mañana te compraré toda la bolsa.

¿La bolsa entera?

Fue entonces cuando Sebastián se dio cuenta de que no podía hacer esto solo.

Al principio, Jason no actuó como el ayudante más entusiasta cuando Sebastián lo arrastró a la casa del árbol y le pidió ayuda.

—¿Por qué tengo que ayudarte? —dijo. —Tú no me ayudaste a vender mis chocolates el otro día.

Pero después de que Sebastián le dijera a Jason que podía quedarse con diez centavos por cada dólar que Sebastián vendiera,

Jason se convirtió en la máquina de envolver caramelos más perfecta y rápida que nadie pudiera encontrar en este lado del hemisferio norte. Durante todo el fin de semana, Sebastián y Jason hicieron cientos de caramelos y los metieron en bolsitas que habían Cogido de la cocina. Ahora Sebastián podría vender los caramelos por el montón.

Nadie era tan inteligente como él. Desde luego, los padres de Sebastián se dieron cuenta de que había estado pasando mucho tiempo con Jason en la casa del árbol, pero no se molestaron en averiguar lo que sucedía ahí. —Cariño —le dijo el papá de Sebastián a su madre, —por primera vez nuestro hijo está jugando afuera con su hermano y no está obsesionado con los videojuegos. Yo diría que eso es bueno.

Cuando llegó el lunes, Sebastián tenía la mochila llena de dulces. Cuando bajó a desayunar, su madre le dio dinero. —Cómprate tu almuerzo hoy, cariño. Se nos terminaron las bolsitas.

Jason estaba sentado en la mesa de la cocina, y él y Sebastián intercambiaron miradas.

—Voy a comprar más después de que Jason salga de su práctica de fútbol —continuó su madre.

Sebastián suspiró aliviado. Mamá no tenía ni idea.

Esa mañana, Sebastián de nuevo vendió sus Bolitas de Gloria antes de que el autobús llegara a la escuela, y esta vez cobró un par de dólares por cada bolsa. Cuando Sebastián y Jason contaron el dinero en la casa del árbol esa tarde, se dieron cuenta de que Sebastián ya tenía una cuarta parte de lo que necesitaba para comprarse el juego G-Force y Jason no tardaría mucho en tener un nuevo par de tacos de fútbol.

Por diversión, apilaron las monedas y los billetes de dólar.

—Jefe—, dijo Jason, —necesitamos ganar más dinero.

Agarró un montón de monedas y las dejó caer al suelo.

—¡Mucho más dinero!

Sebastián estaba pensando lo mismo. Las Bolitas de Gloria ya no sólo lo hacían sentir como en la gloria. Eran una manera muy eficaz de conseguir dinero sólido en efectivo. Sabía que la única manera de ganar más dinero era conseguir más ayudantes; necesitaba una operación completa.

—Sé exactamente cómo lo haremos.

Al día siguiente, Sebastián convocó a una reunión en la casa del árbol después de la escuela con Jason y sus tres amigos más cercanos. Caminaba de un lado a otro mientras les platicaba a todos sobre su plan.

—Señores, Bolitas de Gloria ya no es simplemente un caramelo. Es una forma de vida.

Maddox, Neal, Lincoln, y Jason asintieron.

—Olvídense del autobús #54. Le venderemos a toda la escuela —les ordenó Sebastián. —Vamos a necesitar más papel encerado. Más mecheros Bunsen. Más bolsitas. Más mantequilla. ¡Más de todo! Pero tenemos que tener cuidado, porque no queremos que nuestros padres noten que faltan cosas. Pero… hagan todo lo que puedan. Nos veremos aquí mañana a las cuatro en punto.

Esa misma noche desaparecieron de las cocinas unas cuantas bolsitas, azúcar y barras de mantequilla. Los niños trabajaban en las tardes haciendo caramelos.

Las Bolitas de Gloria se propagaron como un incendio por los pasillos de la escuela. Casi nadie podía resistirse a toda esa delicia azucarada. Para el final de la semana, Sebastián había ganado más que suficiente para comprarse su G-Force, pero no podía parar ahora.

No cuando el mundo necesitaba más Bolitas de Gloria.

No pasó mucho tiempo antes de que el equipo de Sebastián tuviera que tomar medidas más extremas cuando se agotaron los suministros.

—Señores, necesitamos más capital —, dijo Sebastián. —¡Consíganlo!

Pronto, todas las alcancías de los hermanos fueron asaltadas para comprar provisiones. Luego empezaron a desaparecer los billetes de veinte dólares de las carteras y monederos de los padres. Para la tercera semana, Sebastián pensó que ni siquiera necesitaría quedarse en la escuela si seguía ganando dinero a este ritmo. Era rico. ¡Asquerosa y apestosamente rico!

Eso fue así hasta que... estalló un grito en el medio de la cafetería de la escuela.

—¡Justin Tenuta tiene sarna!

A poca distancia, Sebastián levantó la mirada de la venta de caramelos que estaba haciendo a un niño de segundo grado.

—¿Sarna? —, dijo una niña sentada en otra mesa. —Eso es de niños de tercer grado. No es sarna, es *urticaria*.

— ¿Urticaria? —dijo Justin. —Siento comezón en todo el cuerpo.

—¡Dios mío! —La niña comenzó a rascarse el brazo. —Yo también tengo. ¿Me pegaste la sarna, Justin?

—Pensé que habías dicho que tenía urticaria.

—No puedes tener urticaria si se me pegó a mí simplemente por sentarme a tu lado.

La niña empezó a ponerse roja.

—¡Santo Dios! SÍ tienes sarna.

—¡Sarna! —grito alguien dramáticamente. —¡Qué asco!

El pandemonio estalló en la cafetería. —¡Es un brote de sarna! Todo el mundo saltó de las mesas para escapar.

—¡No me toques!

—¡Creo que yo también tengo!

—¡No respires cerca de mí!

Ese día, aproximadamente veintisiete estudiantes contagiados fueron enviados a la oficina de la enfermera Cratchet, pero a ella le bastó con ver a uno solo para identificar la fuente de la epidemia y descubrir que no era sarna.

Encontró un envoltorio de las Bolitas de Gloria en los bolsillos de casi todos los estudiantes infestados de "sarna". —¿De dónde sacaste este caramelo? —les preguntó.

Todos respondieron: —¡Sebastián!

En la oficina de la directora, Sebastián tenía muchas cosas que explicar, pero ni siquiera sabía por dónde empezar.

No, no tenía ni idea de por qué los caramelos les habían causado urticaria a algunos de sus clientes.

Sí, sabía que robar dinero era una mala idea.

No, él no sabía que su equipo había robado todos los mecheros Bunsen del laboratorio de Ciencias y que la escuela había pensado que habían sufrido un verdadero y genuino robo.

Y no, no se había dado cuenta de que más de un centenar de personas estaban disgustadas con él, incluyendo a sus padres, todos los que habían sufrido urticaria, los padres de esos niños, los padres de sus amigos a los que les robaron, los hermanos cuyas alcancías estaban vacías, e incluso sus tres mejores amigos, quienes culpaban a Sebastián por todo el problema, porque ellos también estaban en problemas.

Para empeorarlo todo, cuando Sebastián llegó a su casa, la tía Martha casi se desmaya a la hora de la comida al enterarse de que le había robado la receta.

—¡Sebastián! ¡Cómo pudiste hacer eso!

Mientras comían, los padres de Sebastián lo sermo-nearon sobre la integridad, la honestidad y cualquier otro valor moral en el que pudieran pensar.

Sebastián apenas podía escuchar. Él sólo observaba a Jason, sentado inocentemente frente a él, como si nada malo hubiera ocurrido.

Entonces Sebastián se dio cuenta de que la única persona que no estaba enojada con él era su hermanito.

Espera un segundo.

—¡Es culpa de Jason! —respondió abruptamente Sebastián, interrumpiendo a sus padres.

Jason se ruborizó y se echó a llorar.

—No fue mi intención, jefe. Nos quedamos sin vainilla, así que usé el extracto de almendra de mamá en su lugar.

—Por todos los santos—dijo la Tía Martha, estremeciéndose. —El caramelo del abuelo Nelson no debe de tener ni un rastro de nueces. ¡Podría causar alergias!

—¿Involucraste a su hermano en esto? —dijo su madre, horrorizada.

El padre de Sebastián estaba furioso. —La escuela es una zona libre de nueces. Podrías haber matado a alguien. Estás castigado, y no vas a tener el juego G-Force JAMÁS.

Cuando Sebastián se fue a su cuarto, se sintió como si hubiera comido una docena de calcetines sudados. Se sentía fatal.

Unos momentos después, alguien llamó a su puerta.

Sebastián suspiró, esperando que no fuera su padre, dispuesto a sermonearlo de nuevo.

—Adelante—, murmuró Sebastián.

La tía Martha entró con su bolso en el hombro.

—Sebastián, sólo quería despedirme.

Sebastián suspiró. Se sentía súper culpable por haber robado la receta de la tía Martha. Abrió el cajón de su mesita de mesa, sacó la libreta y se la entregó.

—Lo siento —murmuró Sebastián.

La tía Martha le dio unas palmaditas en la mano a Sebastián mientras le quitaba el cuaderno. —Yo sé que lo sientes—dijo, guardando el cuaderno en su bolso. —Estoy segura de que no querías que sucediera todo esto.

Sebastián frunció el ceño. —No. Definitivamente no.

—Repararás todo el daño, Sebastián.

—¿Cómo se supone que lo haga?

La tía Martha metió la mano a su bolso y sacó un puñado de caramelos.

—Tómalos —dijo, colocando los caramelos en la palma de su mano. —Esto era todo lo que el abuelo Nelson siempre quiso. Tal vez es algo que tú también desearás.

Después de decir esto, la tía Martha se fue.

Sebastián se quedó mirando el caramelo. Aunque que el caramelo le hubiera sabido delicioso en este momento, tenía la sensación de que la tía Martha no se lo había dado para que se sintiera mejor. Esta vez era diferente. Leyó la escritura temblorosa en la envoltura, y su mano se sintió pesada por el peso del caramelo.

Como En La Gloria

Sebastián tragó en seco.

Ahora sabía lo que tenía que hacer.

Al día siguiente, Sebastián devolvió todos los mecheros Bunsen y dio todo el dinero que habían ganado con los caramelos a las personas a la que les habían robado. Las operaciones de Bolitas de Gloria cerraron oficialmente, y Sebastián registró cero ganancias.

Las cosas lentamente volvieron a la normalidad, más o menos. Los amigos de Sebastián finalmente superaron el hecho de que los había metido en problemas, y empezaron a darle crédito a Sebastián por ayudarles a salir de la infamia de la escuela primaria por ser parte del escándalo. Los chismes de Bolitas de Gloria y el brote de sarna comenzaron a desvanecerse, y sus amigos empezaron a hablar acerca de los últimos videojuegos de venta en el mercado.

Sin embargo, Sebastián veía el mundo de otra manera. Después de Bolitas de Gloria, la charla sobre los videojuegos de repente ya no tenía la misma emoción.

Tal vez estaba listo para hacer las cosas bien, no sólo para otras personas, sino también para sí mismo.

Cuando Sebastián llegó a casa se dirigió a la cocina.

Había un montón de platos sucios apilados en el fregadero.

Se arremangó y se puso a trabajar.

Y al igual que el caramelo de la tía Martha, lavar los platos le hacía sentir en la gloria, y ahora él era parte de ella.

3

Manéjese con cuidado

E l lunes, la maestra de salón de Genevieve, la señorita Skeen, sostuvo un huevo entre sus dedos al frente del salón.

—Este es nuestro proyecto para esta semana.

Genevive abrió los ojos muy sorprendida. Sonrió. Ya sabía de qué se trataba este proyecto.

—¡No puedo esperar! —intervino. Ella soñaba con convertirse en veterinaria, y ahora iba a empollar un huevo de verdad.

—Hagámoslo revuelto—dijo Josh desde el otro lado del pasillo.

Genevieve frunció el ceño. Josh siempre hacía bromas de todo. Ésta era una vida inocente en las manos de la maestra, no un desayuno gratis.

—No haremos eso hoy—, dijo la señorita Skeen. —Cada uno de ustedes se encargará de un huevo durante siete días.

Julieta, la mejor amiga de Genevieve, se quejó desde la segunda fila. —¡Una semana entera! ¡Eso es como una eternidad!

Pero para Genevieve no era suficiente tiempo. Seguramente tomaría más tiempo incubar un huevo.

La señorita Skeen levantó una caja. —Conseguí éstas en la tienda de comestibles, y he inspeccionado cuidadosamente cada huevo...

—¿La tienda de comestibles? —dijo Theo desde el fondo del salón. Él siempre cuestionaba todo y sabía prácticamente todo. —Señorita Skeen, los huevos comprados en la tienda son estériles. No salen pollos vivos de ellos.

27

—Tienes razón, Theo.

La señorita Skeen regresó el huevo a la caja.

—El objetivo de este proyecto es aprender algunas cosas sobre la vida, no el ciclo de vida.

—¿Los huevos no empollarán? —preguntó Genevieve, decepcionada.

—No empollarán—confirmó la señorita Skeen. —En cambio, quiero que aprendan lo que es cuidar de algo. O en este caso, de 'alguien'. Y ¿qué mejor que usar un huevo frágil e indefenso? Traten a sus huevos como si fueran sus hijos. Denles nombres, llévenlos a donde vayan, y registren sus experiencias. Si, por cualquier razón, no pueden cuidar a su huevo, pueden pedirle a otra persona que lo supervise, como lo hacen los padres cuando no pueden estar con sus hijos.

Ella comenzó a repartir los huevos. —No importa lo que pase, ustedes serán responsables del huevo. Sus huevos están especialmente marcados con mi sello y serán inspeccionados en clase todos los días. Si los huevos se rasguñan, se mellan, o se cuartean de alguna manera, deduciré puntos de su nota final. Si el huevo está roto o es reemplazado misteriosamente, no recibirán ningún punto.

Genevieve anotó todo lo que dijo la señorita Skeen. A pesar de que ella estaba molesta por no estar incubando un pollo vivo, le gustaba el proyecto. Si iba a ser veterinaria, cuidaría bien de su huevo. Esto sería como una prueba, una que estaba determinada a superar. Cuando la señorita Skeen le dio su huevo a Genevieve, ella lo sostuvo suavemente en sus manos y lo llamó Chloe.

Todos hicieron canastas de cartulina para sus huevos con limpiadores de pipas y bolas de algodón. Genevieve construyó la suya extrafuerte, reforzando los lados y pegándole el doble de bolas de algodón para el acolchado. Etiquetó la caja con el nombre de Chloe y pintó de rosa las bolas de algodón.

Josh fingió vomitar cuando vio la canasta de Genevieve. —Estás tomando este asunto del huevo demasiado en serio.

Genevieve puso los ojos en blanco. Ella llevaba a Chloe orgullosamente a todas partes. A sus clases, a la fuente de agua y a la cafetería. Mientras estaba sentada junto a Juliet a la hora del almuerzo, un huevo voló por encima de su cabeza.

Josh y su amigo Calvin estaban jugando a lanzar los huevos sobre la mesa de Genevieve.

Genevieve y Juliet observaron horrorizadas.

—¿Están locos? —cuestionó Juliet.

Calvin no logró atrapar el huevo de Josh, y "Hulk" cayó al suelo. ¡Crac!

—¡Uy!

Pero en vez de enojarse con Calvin, Josh sólo se encogió de hombros.

—Supongo que sacaré un cero —dijo Calvin, y ambos se rieron.

—Niños—dijo Juliet. —¡Nunca les dejaría cuidar a mi huevo! —agregó, dándole unas palmaditas al huevo. —Aquí estarás a salvo, Leona — le cantó.

Genevieve estuvo de acuerdo con Juliet y deslizó a Chloe más cerca de ella para protegerla.

—Sí, poner a uno de esos niños a que cuiden a nuestros huevos sería un desastre.

A medida que avanzó la semana, más huevos sucumbieron a la mala atención y al mal manejo. El huevo de Dan se cayó de la canasta de su bicicleta cuando pasó por un bache. El huevo de Aaron se lo comió su perro, Tiburón. Incluso el huevo de Claire se quebró cuando lo llevó al centro comercial.

Para el viernes, sólo la mitad de los huevos todavía estaban bien, incluyendo el huevo de Genevieve, Chloe. —Anoche —dijo Juliet en el almuerzo, —mi hermano trató de jugar al tenis con Leona. Este proyecto me está volviendo loca. ¡Leona nunca sobrevivirá mis clases de equitación este fin de semana!

Genevieve se sintió mal por Juliet. Cuidar de su propio huevo no había sido tan difícil para ella.

—Tal vez... yo podría cuidar de Leona por ti—, ofreció Genevieve.

A Julieta se le iluminó el rostro.

—¿De veras? Eres la única en quien puedo confiar. ¡Eres muy buena con Chloe! —agregó, dándole un abrazo a Genevieve. —Te pagaré con chocolate, te lo prometo.

—No necesitas hacer eso, no te preocupes. Solo ve a dejarla a mi casa hoy por la noche.

De repente, toda la mesa de Genevieve estaba rodeada de compañeros de clase.

—He oído que vas a cuidar el huevo de Juliet gratis —dijo Ethan. —Cuida a Tigre por mí —agregó, poniendo el huevo en su cara. —Me voy a subir a la montaña rusa mañana, y no hay manera de que sobreviva a eso. Yo no podría confiárselo a nadie más que a ti.

Genevieve miró al pobre e inocente Tigre con una venda en la cabeza. No podía decir que no.— Bien, llévalo a mi casa esta noche a las siete.

—¡Perfecto!

Al final del almuerzo, Genevieve se había convertido en la niñera oficial de casi todos los huevos de la clase que todavía permanecían intactos. A Genevieve no le importaba. Se preocupaba por esos huevos; serían sus pequeños pacientes. Ella sabía que podía hacerlo, y todos saldrían ganando.

Cuando Genevieve fue a la clase de Ciencias, Theo se detuvo en su mesa de laboratorio.

—Deja tu huevo a las 7 p.m. en mi casa —susurró Genevieve mientras estudiaba una ameba a través del microscopio.

—En realidad—, dijo Theo, descansando su portador de huevos al lado de Chloe, —¿no crees que estás cometiendo un error al cuidar de todos los huevos?

Genevieve alzó la vista —¿Qué quieres decir?

—¿Te vas a encargar de todos esos huevos, incluyendo el tuyo, durante tres días? ¿No deberías concentrarte en Chloe? Se están aprovechando de ti.

Genevieve volvió a su microscopio. —Técnicamente, Theo, son sólo dos días y medio. El lunes por la mañana todos tendrán sus huevos de vuelta. Y yo soy perfectamente capaz de cuidar más de un huevo.

Luego miró a Theo con recelo. —¿Y a ti qué te importa de todos modos?

—Sólo pensé que sería bueno señalar lo obvio —respondió Theo. — Bueno, si vas a cuidar a los huevos, tal vez yo te pueda ayudar.

—¿Tú? ¿Ayudarme? — dijo Genevieve. ¿Por qué querría Theo hacer algo así? Entonces se le ocurrió: —¿Cómo es que no quieres darme tu huevo para que yo lo cuide?

—¿Por qué querría hacer eso? —dijo Theo. —He estado tratando de incubar el huevo toda la semana.

Genevieve estaba confundida. —Pero dijiste que los huevos eran estériles. ¿Por qué intentarías hacer eso?

—Porque... —Theo desvió la mirada, su rostro se estaba poniendo rojo. —... Porque quiero ser un científico —respondió abruptamente.

—¿Un científico? —*Theo no necesita avergonzarse por algo así*, pensó Genevieve. —Ya veo.

—Bien, no te preocupes entonces. —Theo recogió su huevo —. Es obvio que no necesitas ayuda. Olvida lo que te dije —concluyó, y se dirigió a su escritorio.

Genevieve observó a Chloe. —No necesitamos la ayuda de Theo ¿no crees?

Esa noche, catorce huevos llegaron a su puerta para recibir la debida atención de la doctora Genevieve. Ella construyó un portador especial hecho de una caja de leche y cartones huevo, anotó todo con cuidado e hizo etiquetas para registrar la condición de cada huevo a su llegada. Durante todo el fin de semana les dio mucho ejercicio y aire fresco y los llevó al parque en un cochecito. Habló con ellos y les cantó canciones para mantenerlos entretenidos. Incluso les leyó cuentos antes de apagar las luces a la hora de dormir.

Cuando Genevieve entró a su salón de clase el lunes, se sentía como una heroína. Colocó cuidadosamente la caja de huevos en su escritorio y puso a Chloe a su lado. Sus compañeros de clase se reunieron a su alrededor e intentaron recuperar sus huevos, pero Genevieve les retiró las manos.

—¡Esta es la última inspección! No los toquen. Ustedes no quieren que algo les suceda ahora, ¿verdad?

Juliet retiró su mano como si hubiera tocado una estufa caliente. —Buena observación.

—Genevieve —, dijo la señorita Skeen desde el frente de la habitación. —¿Por qué no traes los huevos de tus compañeros para que pueda revisarlos?

—Claro que sí—, dijo Genevieve orgullosamente. Ella apretó firmemente las manijas de la caja y se dirigió hacia su maestra sabiendo que, debido a su excelente cuidado, estos huevos habían llegado sanos y salvos al final del proyecto. Caminando por el pasillo, se preguntaba si iba a recibir méritos extra por hacer tan buen trabajo cuando, de repente, se tropezó con algo y la caja salió volando.

¡Oh no!

Todos los huevos volaron por el aire.

Genevieve se agarró al escritorio de Theo para no caerse.

¡Crac! ¡Crac! ¡Splash! ¡Splash! ¡Splash!

Todos se quedaron sin aliento.

La señorita Skeen estaba cubierta de huevo batido.

—¡Santo cielo!

Genevieve apenas podía abrir los ojos.

La señorita Skeen estaba cubierta de chorreantes yemas y claras de huevo. Genevieve se volvió a ver con lo que había tropezado. No había nada en el pasillo, pero Josh estaba en su escritorio con las manos cruzadas delante de él. Parecía un gato que acabara de tragarse un ratón.

Él la había hecho tropezar, ¡lo sabía!

—¡JOSH!

La expresión de Josh era de sorpresa.

—¿Qué?

Aparentemente, nadie había visto a Josh ponerle una zancadilla.

—Genevieve, te tropezaste adrede, ¿verdad? —dijo Ethan. —¡Sabía que no te debería haber confiado a Tigre!

Juliet salió a la defensa de Genevieve. —Eso es una locura. Ella nunca lo haría a propósito.

—Sí, lo haría. —Calvin se unió a la discusión. ¿Por qué crees que se encargó de nuestros huevos sin pedir nada a cambio? Ella planeó todo esto desde el principio.

—¡Niños! —trató de calmarlos la señorita Skeen, pero nadie escuchó.

—¡Yo no planeé esto! —respondió Genevieve.

Pero todos la ignoraron.

—Tienes razón, Calvin. —Josh se levantó y señaló a Chloe. —¡Miren cuál fue el único huevo que no se rompió! ¡El huevo de Genevieve!

—¡Niños! —dijo la señorita Skeen de nuevo, pero todos la ignoraron. Estaban demasiado ocupados viendo cómo cinco niños corrían hacia Chloe.

¡No! Genevieve no pudo detenerlos. En cuestión de segundos, Chloe estaba en el aire, colgando de las yemas de los dedos de Ethan.

— Ahora verás lo que se siente.

—Ethan ¡no te atrevas! —advirtió la señorita Skeen.

Pero Ethan de todas formas lo hizo. —¡Sayonara!

Chloe se le cayó de los dedos y Genevieve cerró los ojos.

¡Ping!

¿Ping? Cuando Genevive abrió los ojos, Chloe estaba rebotando en el suelo, como lo haría una pelota de ping-pong de plástico.

¡Ping! El huevo rebotó de nuevo antes de caer delante de los pies de Calvin.

Toda la clase se quedó sin aliento de nuevo.

—¡Eso no es un huevo! —dijo Josh.

Calvin lo agarró del piso. —¡Es de plástico! ¡Eres una TRAMPOSA!

Genevieve estaba aturdida.

Theo negó con la cabeza. —Te dije que no confiaras en ellos.

—¡NIÑOS, YA ES SUFICIENTE—! La señorita Skeen estaba gritando y agitó su dedo chorreado de huevo ante todos ellos. —¡Que nadie diga una palabra más!

Todos se callaron.

La señorita Skeen se enderezó y trató de aplacar su pegajoso cabello.

—Genevieve, Josh, Ethan, Theo —dijo, y continuó con los nombres de los otros niños que habían tratado de atrapar el huevo de Genevieve. —¡Todos a la oficina de la directora!

Cuando llegaron, la directora Cooler giró en su silla para mirar fijamente a todos.

—¿Qué es esto que oigo acerca de una pelea de huevos en el aula?

Inmediatamente, Josh explicó su teoría de conspiración acerca de Genevieve, culpándola del desastre entero y llamándola tramposa. Mientras Josh hablaba, Genevieve se sentó en silencio, con miedo de hablar. Ella nunca había estado en problemas como ahora. ¡No podía pensar! ¿Qué le había pasado a Chloe? ¿Por qué Josh tuvo que tropezarla? ¿Cómo podría la gente ser tan mala, a pesar de todo lo que había hecho para ayudarlos?

—¿Es eso cierto, Josh? —dijo la directora finalmente, después de escuchar el cuento del niño. —Me parece que te he visto a ti y a algunos de ustedes niños metidos en problemas una docena de veces, pero Genevieve nunca se ha metido en problemas. ¿Tengo razón o no?

Genevieve asintió con la cabeza.

La directora volvió su atención a Theo. —Y ¿cuál es tu parte en esto, Theo? Normalmente estás en mi lista de honores, no en mi oficina.

—Cambié el huevo de Genevieve por uno de plástico.

La mandíbula de Genevieve se abrió por completo. ¿Theo se había llevado a Chloe?

—Y ¿dónde está su huevo?

—Está a salvo en mi mochila en el aula; lo iba a devolver antes de la inspección, pero nunca tuve la oportunidad.

La directora anotó algo en un bloc de notas.

—Y ¿por qué hiciste eso, Theo?

Genevieve se volteó par mirar a Theo. *Sí, ¿por qué?.*

Theo se encogió de hombros, luciendo tan incómodo como en el laboratorio de Ciencias. —Por ninguna razón, en realidad.

Genevieve suspiró. Tal vez Theo había perdido la razón.

La directora soltó su pluma, frunciendo el ceño.

—Theo, como ésta es tu primera ofensa y no hay ninguna regla contra el intercambio de productos lácteos, le devolverás el huevo a Genevieve inmediatamente y recibirás una advertencia por escrito. Josh, parece que te equivocas sobre Genevieve. Sospecho que ella tampoco se tropezó a propósito.

Josh tragó en seco. Después de que la directora les dio su detención a los otros muchachos, se retiraron. Theo trató de seguir a Genevieve por el pasillo.

—Déjame explicar...

Pero Genevieve no quería explicaciones. Ella aceleró el paso. Quería alejarse de todos, especialmente de Theo. Se suponía que el proyecto del huevo fuera divertido y significativo, pero en ese momento, ¡ya no le importaba nada!

Esa noche, Genevieve se sentó en su habitación, tratando de hacer la tarea, pero continuaba mirando la canasta vacía de Chloe. Extrañaba a su huevo, aunque a nadie parecía importarle. Todo era una broma para ellos. Genevieve se preguntó si algo andaba mal con ella. ¿Por qué tenía que preocuparse tanto? Tal vez no debería importarle a ella tampoco.

Sonó el timbre. Genevieve se paró de su escritorio. —¡Yo abro! — Cuando abrió la puerta de entrada, Theo estaba allí. Su bicicleta estaba descansando contra su porche delantero y tenía un huevo en una nueva caja llena de paja.

—Por favor, ¿puedes quedarte con Chloe?

Genevieve cruzó los brazos. —¿Por qué habría de hacerlo? El proyecto ha terminado.

Él levantó la caja hasta su rostro. —Chloe te necesita.

Genevieve miró a su huevo, y sintió que algo pinchaba en su corazón. Era bueno ver a Chloe de nuevo, pero ella no podía ignorar el hecho de que todo el incidente del huevo la tenía muy molesta.

—Basta, Theo. Es sólo un huevo, como todo el mundo dice.

—No es sólo un huevo —dijo Theo.

—Ah, ¿sí? Entonces dime, ¿por qué lo cogiste?

Theo apartó la mirada. Su voz era apenas audible.

—Porque me importa.

—¿Qué? —dijo Genevieve.

—Porque me importa, ¿de acuerdo? —dijo con más firmeza —. Sólo tómalo, ¿quieres? Ya lo entenderás —agregó, poniendo la caja en sus manos. — Mantenla caliente. Si tienes una lámpara con una luz fuerte, eso funcionará.

Genevieve estaba confundida. — Está bien —murmuró. Tal vez Theo realmente se había vuelto loco.

Theo agarró el manillar de su bicicleta y se volvió para irse.

—Adiós.

—Adiós.

Genevieve tomó el huevo y llevó a Chloe a su habitación. Encendió la lámpara de escritorio y la colocó bajo el resplandor de la luz. Genevieve notó que su huevo tenía una grieta fina que corría a lo largo de un lado. ¿Se estaba moviendo el huevo?

Había una nota entre en la paja. Ella la leyó.

Yo soy el científico. Tú eres la veterinaria. Ahora mira a ver qué puedes hacer con esto.

Genevieve miró al huevo de nuevo. —¿Chloe?

El huevo se movió.

Esa noche, Genevieve vio al pollito Chloe romper su cascarón. Mientras observaba algo tan pequeño e inocente emerger de su hogar protector, lo que los otros niños pensaran de ella dejó de importarle.

Miró al pollito asomándose a su nueva vida.

Tal vez ella y Theo no eran tan diferentes después de todo.

A ella le importaban estas cosas.

Eso era todo lo que importaba.

4

El monstruo

El padre de Talmage le gritó desde el pasillo —¡hora de despertar! Tenemos una cita con el Monstruo.

Talmage se estiró en su cama y miró el reloj. Eran las seis de la mañana y el primer sábado del verano. Era hora de ir a pescar al Monstruo, algo que había estado haciendo con su padre todos los veranos desde que tenía memoria.

Su puerta se abrió. Papá lanzó una barra de cereales en su cama y añadió — Ahí está tu desayuno. Vamos.

Después de que Talmage se vistió, se dirigió hacia atrás, donde el lago Wallamaloo les esperaba.

Su papá estaba en el muelle, cargando la vieja lancha. —Las condiciones son perfectas. Hoy es el día…

—Puedo sentirlo —concluyó Talmage y sonrió. Su padre siempre decía eso.

De repente, la cara de papá se puso seria. —Hoy es el día, Talmage.

Tenía su caña de pescar especial a bordo; era del tipo de pesca de alta mar, especialmente destinada para el Monstruo. —Hace veinte años juré que lo atraparía, y lo haré —añadió, dándole una palmadita al barril de la caña.

Talmage tomó su lugar en el banco trasero. —¿Crees que por fin lo atraparemos? —Él examinó el agua oscura y turbia a su alrededor.

—Tengo que hacerlo—. Papá empujó la lancha lejos del muelle.

Talmage nunca había visto a su padre más decidido a capturar el misterioso pez. La leyenda decía que el Monstruo era lo suficientemente grande como para comerse un perro. Podía saltar cincuenta pies fuera del agua y volcar una lancha. Las historias estaban tan arraigadas en la mente de todos que ningún niño se atrevía a nadar en el lago sin decir una oración antes de saltar.

Sin embargo, ninguna de las historias asustaba a Talmage o a su padre.

—Es una bestia —había dicho el padre de Talmage una vez—pero no es un asesino. Cuando lo tuve en la línea, lo miré fijamente a los ojos y todo lo que vi fue miedo.

Según su padre, ese pez había doblado su caña como si fuera un frágil alambre y casi lo había tirado de la lancha antes de que la línea se rompiera. Por toda la ciudad, la gente se enteró de la historia. Para los creyentes, su padre era más o menos famoso por ser la única persona que había visto y enganchado al Monstruo.

—Lo atraparemos, papá —dijo Talmage con igual determinación.

Pero en el fondo, atrapar al Monstruo no le importaba mucho a Talmage; simplemente amaba sus viajes de pesca. Había algo especial en el hecho de estar en el lago con su padre antes de que la mayoría de las personas de la ciudad se despertaran.

Talmage podía comer toda la comida basura que quisiera, escuchar buena música en su vieja radio, o simplemente sentarse sin preocuparse por nada del mundo. Papá hacía la mayor parte del trabajo de verdad cuando se trataba de pescar.

Papá encendió el motor y sintonizó la radio. La estación de canciones viejas estaba tocando a los Beatles.

—Perfecto —sonrió papá. —Talmage, el clima está caluroso. El Monstruo ama el agua caliente. No podríamos haber pedido mejores condiciones.

Se dirigieron hacia el lugar donde el río Wallamaloo desembocaba en el lago. —Le gusta el movimiento del agua —explicó papá. —Hace que la comida se dirija directo a su enorme boca.

Después de apagar el motor, papá preparó su línea. Ya había algunas lanchas preparándose para su propia captura del día. Talmage reconoció a Leonard y a la lancha de lujo de su hijo Paolo a varios cientos de metros de distancia. Papá inclinó su sombrero de pesca en la dirección de Leonard. Leonard inclinó el suyo de vuelta.

—Ese Leonard se va a tragar mi carnada —dijo papá entre dientes— cuando el Monstruo esté en mi plato de cena esta noche.

Talmage contuvo una carcajada. Papá siempre llamaba a su viejo compañero de secundaria "Ese Leonard", aunque todos lo llamaban Leo. Leonard era conocido por ser el mejor pescador de los alrededores. El año pasado, él y su hijo habían atrapado el lucio más grande que el estado hubiese visto jamás. Pero para el padre de Talmage, el pez de 58 libras que ellos habían enganchado no era el verdadero Monstruo.

Durante todo el día, papá echó y volvió a echar su línea, pero a medida que pasaban las horas, el día de diversión que Talmage había esperado no había sido tan divertido después de todo. Papá apenas había dicho una palabra. Era como si hubiera fijado todas sus esperanzas en la captura del pez esa misma mañana. Para empeorar las cosas, no conseguían ni un pez niño, lo cual era inusual. Talmage limpió el sudor de su frente. Tal vez hacía demasiado calor para pescar. Echó un vistazo a su reloj. Era pasado el mediodía, y por lo general se retiraban para el almuerzo y esperaban hasta el anochecer para salir de nuevo. Algunas de las otras lanchas ya se dirigían hacia el muelle, incluyendo la de Leonard.

—¡Bryan! —gritó Leonard al padre de Talmage mientras costeaban con el motor retumbando. —Simplemente un consejo; es la radio. Estás alejando al Monstruo con esa música.

—Tú pesca a tu manera —contestó papá, —que yo voy a pescar a la mía.

Justo entonces algo tiró de la línea de papá con mucha fuerza. Papá la agarró rápidamente y empezó a tambalearse. —¿Ves? —le dijo a Leonard. Su caña se volvió a sacudir. —¡Tengo uno grande! ¡Ayúdame, Talmage!

Talmage se puso de pie. —¿Qué debo hacer?

La caña tiró hacia delante una vez más.

Leonard detuvo su lancha. —¿Me necesitas, Bryan?

—No te preocupes, lo tenemos. —Papá enrolló la línea tan rápido como pudo—. A gárrate a mi cintura, Talmage—. Dobló la caña para conseguir algo de dominio sobre el pez. —¡Se siente enorme, más grande de lo que recuerdo!

Talmage agarró a su padre y plantó sus pies en el piso de la lancha.

—¡Está dando una buena pelea! — Papá volvió a doblar la caña.

Lo que fuera que papá había pescado estaba subiendo a la superficie. Era grande, una masa de color gris oscuro de unos tres metros de ancho que venía hacia la lancha. Los ojos de Talmage se agrandaron. ¿Qué era eso?

Papá tiraba, aflojaba, tiraba y aflojaba.

Talmage clavó sus talones al piso.

—A la cuenta de uno, dos, tres ¡TIRA!

Talmage jaló a su padre tan fuerte como pudo.

Perdió el equilibrio y su padre aterrizó sobre él. Algo grande salió del agua. *El Monstruo*, pensó Talmage.

¡Flop! Un neumático gigante golpeó el lado de la lancha antes de hundirse con un fuerte chapuzón.

Talmage oyó carcajadas procedentes dela lancha de Leonard. Su rostro enrojeció.

Su padre se puso de pie y cortó la línea con su navaja.

Talmage se sentó, frotándose la espalda. No era un Monstruo.

—Deja de reírte, Paolo —le advirtió Leonard. —No es gracioso.

Pero Talmage podía darse cuenta de que Leonard estaba conteniendo su propia risa. El hombre aceleró el motor.

—Nos vemos más tarde, Bryan. — Y desapareció de su vista.

El padre de Talmage dejó su caña y se quitó el sombrero, tirándolo sobre la cubierta.

Talmage se quedó mirando el sombrero, y luego miró a su padre. —¿Estás bien?

Papá tardó unos segundos en recuperar la compostura. —Sí. —Miró el horizonte y finalmente recogió el sombrero. —Nos vamos a casa —agregó, tirando de la tracción del motor.

Esa noche, papá no habló mucho. Se sentó en la sala de estar en su andrajosa silla mecedora, mirando fijamente a la chimenea vacía como si fuera un televisor.

Talmage trató de animarlo. —Vamos, papá. Fue la ruidosa y odiosa lancha de Leonard lo que espantó al Monstruo. Lo atraparemos esta noche, lo sé.

Su padre no dijo nada.

Talmage comenzó a preocuparse; nunca lo había visto así cuando iban a pescar. —¿Papá?

—Talmage —dijo su padre, —tú conoces mi historia sobre el Monstruo, ¿verdad?

—Dijiste que había sido el mejor día de tu vida —recordó Talmage. —Nadie había hecho lo que tú hiciste ¡Enganchaste al Monstruo!

—Así es —dijo papá. —Fue el mejor día de mi vida. El clima era el adecuado, el anzuelo era perfecto, el lugar era insuperable. Yo había sacado la lancha del abuelo por mí mismo.

Talmage asintió con la cabeza, recordando los detalles de la historia.

—Pero nunca te dije que ese día también fue el peor. El abuelo no me creyó cuando le dije que había enganchado al Monstruo.

Talmage frunció el ceño. ¿Su propio padre no le había creído?

—Y vi la forma en que Leonard y Paolo nos miraron hoy. No sólo se reían de mí, se reían de nosotros.

—¿Qué importa? —dijo Talmage. —Vamos a atrapar al Monstruo, papá. Lo tenías, y yo te creo.

La expresión de papá se volvió severa. —Talmage, se acabó. Tratar de pescar un pez que no he visto en veinte años es imposible —dijo, negando con la cabeza. —¡Imposible! Ahora sueno como papá....

Talmage miró fijamente a su padre. No le gustaba verlo actuar de esta manera.

—Lo curioso es —continuó Papá— que cuando tuve al Monstruo en la línea, la radio estaba tocando la canción favorita del abuelo. Recuerdo haber deseado que estuviera ahí conmigo en ese momento. ¡Qué gran momento hubiésemos compartido! —Empezó a cantar.

—Tú pones tu esfuerzo y el día se acaba; es hora de renunciar. Pero cuando se trata de conseguir lo que quieres, trabajas de sol a sol y nunca te das por vencido. Nunca te rindes. El abuelo no creía en el Monstruo, como algunos de los de este pueblo, pero por el lado positivo, creía mucho en mí. Me enseñó a nunca darme por vencido en la vida y que fuera tras lo que deseara.

Papá se levantó de la silla. —Y yo quería ese pez, pero es hora de dejarlo ya. No voy a permitir que sigas mis pasos. ¡No de esta manera! —suspiró. —Me doy por vencido. —Alborotó el cabello de Talmage y se dirigió a su recámara. —Buenas noches, hijo.

Esa noche, mientras Talmage estaba acostado en la cama, pensó en lo que su padre había dicho y lo triste que se veía.

Talmage le hizo una promesa en silencio al Monstruo y a su padre. Su padre se había dado por vencido, pero él no. Iba a pescar ese pez de una vez por todas, y pasó toda la noche pensando en cómo lo iba a hacer.

El lunes, Talmage fingió dormir mientras esperaba que su padre fuera a trabajar. Tan pronto como Talmage oyó que se cerraba la puerta de entrada, saltó de la cama con un cuaderno en la mano. Se vistió y agarró todo lo que necesitaba del cobertizo donde guardaban los suministros de pesca. Cargó la lancha y emprendió su camino.

Cuando llegó a la desembocadura del río, abrió su cuaderno y miró un cuadro que había dibujado. Tenía tres columnas con los encabezados Carnada, Ubicación y Clima. Cada fila representaba una hora del día. Sabía que papá siempre había tratado de pescar al Monstruo buscando condiciones similares al día que había enganchado al pez, pero después de veinte años, Talmage pensó que era tiempo de probar algo nuevo. ¿Qué tal si a los peces ya no les gustaba el señuelo de Papá o preferían un lugar diferente? Talmage pensó si observaba el clima y cambiaba metódicamente las variables que podía controlar, como la carnada y el lugar, eventualmente descubriría el combo adecuado y atraparía a ese pez. Talmage llenó la primera fila del cuadro: *Anzuelo Crankbait Chartreuse, Boca del rio, Tibio y soleado.*

Para hacerse compañía, Talmage encendió la radio. Ajustó su gorra de béisbol y tiró su línea. Si alguien iba a atrapar al Monstruo, sería él ahora que tenía "el sistema". Talmage sonrió.

Ese mes de junio, Talmage probó diferentes señuelos en todos los momentos del día en la desembocadura del río Wallamaloo. Combinó todas las posibilidades que pudo para pescar, usualmente cuando su padre estaba en el trabajo, tomaba una siesta, o salía a pasear en su motocicleta (algo que su padre hacía mucho desde que se había dado por vencido con el Monstruo). Al final del mes, el cuaderno de Talmage ya estaba casi lleno, pero aún no había ningún Monstruo.

Sin embargo, la determinación de Talmage no declinó. Aún tenía docenas de lugares para intentarlo. Talmage comenzó a pescar en la ensenada de Quarry, el Punto de Gillman, y el muelle de Wheaton. Intercambiaba los señuelos y pescaba en todo tipo de clima: lluvia, viento y calor abrasador.

Aun así, el Monstruo no aparecía.

Al final del verano, el cuaderno se veía desgastado, estaba lleno, y Talmage estaba comenzando a preguntarse si estaba destinado a atrapar al pez después de todo. El último fin de semana antes de que la escuela comenzara, Talmage se sentó en su cama y reflexionó sobre las entradas en su cuaderno. ¿Había alguna combinación que no hubiera intentado?

Su padre golpeó a la puerta y la abrió. —Talmage, ¿has visto mi caña de pescar?

Talmage cerró rápidamente su cuaderno. *La caña de papá.* Él había estado tan ansioso por irse a la cama la noche anterior, que se le había olvidado guardarla. Estaba en la lancha.

—Este... nn nno.

Su padre se rascó la cabeza. —Sé que la guardé en el cobertizo hace mucho tiempo, pero no está ahí. Quería venderla.

—¿Venderla?

—Sí. —Un atisbo de tristeza cruzó el rostro de su padre. —No tiene sentido que me la quede. Alguien debe haberla tomado. —suspiró—. No importa.

Después de que su papá se fue, Talmage se quedó mirando su cuaderno. No sabía cuánto tiempo más podía soportar ver a su padre sintiéndose miserable por culpa del Monstruo. Abrió el cuaderno y estudió las últimas páginas de nuevo. Tenía que encontrar una solución. Mientras revisaba las entradas, se le ocurrió una nueva una nueva posibilidad. El corazón de Talmage se aceleró un poco mientras pensaba.

Había una combinación más que no había intentado.

Esa noche, cuando su padre dormía, Talmage salió a la lancha más decidido que nunca. Se fue a la desembocadura del río y lanzó el viejo señuelo de papá. No se le había ocurrido usar el señuelo de papá e ir al mismo lugar de siempre. ¿Y si no era el carnada ni la ubicación, sino el pescador? Papá había dicho que el pez lo había visto como si estuviera asustado de él. El Monstruo no conocía a Talmage, pero valía la pena intentarlo.

Talmage encendió la radio y tiró su línea. Esperó pacientemente, sabiendo que ésta era su última esperanza. Una y otra vez tiraba su línea sin cansarse. Pasaron las horas pasaron y el centelleo de las estrellas apareció en el cielo. Eventualmente, Talmage no pudo ignorar la sensación de vacío que crecía en su estómago. Comenzó a odiar la pesca, el Monstruo, y su promesa de atrapar al pez. Una canción de los Beatles empezó a sonar en la radio, y al instante Talmage recordó el día en que él y su padre habían atrapado a un monstruo, ¡un monstruo de neumático! *Es curioso cómo una canción te puede traer de vuelta al momento,* pensó Talmage. La risa de Paolo. Papá tirando el sombrero. Nunca olvidaría ese día. Había empezado muy bien, y se había convertido rápidamente en uno de los peores días de su vida. Igual que el día que su padre había enganchado al Monstruo. ¡Qué maldición!

Talmage se enderezó de pronto. *Espera un segundo.*

Igual que el día que su padre había enganchado al Monstruo.

Jaló línea y encendió el motor. Tenía que volver a la casa. Y rápido.

Irrumpió en la puerta de la habitación de su padre gritando:
—¡Despierta, papá! ¡Tenemos una cita con el Monstruo!

Su padre se sentó en la cama y miró a Talmage. —¿De qué estás hablando?

Talmage jaloneó a su padre. —Tenemos que probar una cosa más.

—Talmage, ¿qué demonios?

Pero Talmage no iba a dejar que su padre se quedara en la cama. No lo dejaría rendirse. Lo obligó a vestirse y lo arrastró afuera. —Hoy es el día —dijo Talmage. —¡Lo sé!

El cielo aún estaba oscuro, pero pronto le daría la bienvenida al amanecer. —¡Apúrate, Papá! Son casi las seis.

Cuando Talmage encendió la lancha, hizo que su padre mirara el cuaderno. Talmage le informó de todo lo que había hecho de camino a la desembocadura del río Wallamaloo.

—¿Ves, papá? He hecho todo lo posible durante todo el verano para atrapar al Monstruo. Sabemos que el Monstruo no es un pez ordinario, sin embargo, hemos estado actuando como si él pensara y se comportara como uno. ¡Y eso no tiene ningún sentido!

Su padre lo escuchaba mientras se dirigían al lugar donde pescaban usualmente.

—No es ningún pez común al que le atraigan los señuelos viejos y comunes. — Talmage apagó el motor y prendió a la radio.

—¿Cuál era esa canción, papá? ¿Cuál era la canción favorita del abuelo? ¡Cántala!

El padre de Talmage se quedó mirándolo con incredulidad. —¿Qué?

—Canta la canción —Talmage trató de recordar las palabras. —Algo sobre de sol a sol.

El padre de Talmage miró a su hijo. —Bueno, no tenemos nada que perder ¿cierto? — Miró el agua profunda y turbia. La luz de la luna brillaba sobre su superficie.

Empezó a cantar.

—Tú pones tu esfuerzo y el día se acaba; es hora de renunciar. Pero cuando se trata de conseguir lo que quieres, trabajas de sol a sol...

Talmage se le unió —Nunca te das por vencido. Nunca te rindes.

El lago se quedó misteriosamente silencioso. Por un momento, parecía que estuviera escuchando.

—Una vez más —susurró Talmage.

—Tú pones tu esfuerzo... —cantaron.

De pronto la lancha comenzó a mecerse. Se formaron pequeñas olas en el agua.

— ¿Talmage? —dijo su padre.

Talmage seguía cantando. —Trae la caña, Papá.

—No la necesitamos —dijo su padre. —Creo que viene directo a nosotros.

Talmage se quedó mirando las crecientes ondulaciones en el agua. Su padre tenía razón. —Sigue cantando —susurró Talmage. Ninguno de ellos se atrevió a moverse.

—... De sol a sol...

Las ondas crecieron aún más. El Monstruo venía en camino.

—Nunca te das por vencido...

Algo comenzó a elevarse de la superficie justo en el momento en el que los primeros rayos del sol golpearon el agua.

Talmage podía sentir cómo la lancha se mecía bajo las olas, y lo que emergió era más grande que cualquier cosa que Talmage pudiera haberse imaginado. Tragó en seco. —...Nunca te rindes.

Y luego lo vio. La brillante cabeza verde esmeralda del Monstruo y el orbe oscuro de su ojo.

El ojo era tan grande que Talmage podía verse a sí mismo y a su padre en su vidrioso reflejo. Talmage apenas podía respirar, pero no tenía miedo.

Tampoco el Monstruo.

—Míralo ahí —susurró el papa de Talmage.

Entonces, igual de rápido que había aparecido, así mismo desapareció deslizándose bajo el agua con un chapoteo que hizo eco a través del lago. La lancha se sacudió desde su estela.

Talmage y su padre permanecieron en silencio mientras el lago volvía a la tranquilidad.

Entonces Talmage se dio cuenta de algo terrible. —Papá, no lo atrapamos.

Su padre puso su brazo alrededor del hombro de Talmage. —No importa, está bien así.

Talmage se quedó mirando el lugar donde el Monstruo había estado. — Pero ¡nadie nos va a creer!

—No importa —dijo Papá. —Conseguí lo que quería.

Talmage arrugó la cara. — No, no lo conseguiste.

Su padre lo miró. —Talmage, todo lo que quería mostrarte es que, si no te das por vencido, todo es posible. Pero ¿sabes qué?

—¿Qué?

—Tú acabas de darme esa misma lección a mí —dijo, dándole un apretón en el hombro.

Con esas palabras, Talmage miró al lago de nuevo. Su padre tenía razón. Había sido uno de los mejores días de su vida, y la profunda y turbia agua del lago Wallamaloo estaba tan clara como nunca.

5

¡Rómpete una pierna!

L a señora Huff clavó un cartel en el pasillo fuera del auditorio de la escuela. Los ansiosos estudiantes del club de drama se reunieron en frente de él. —Es oficial —dijo la señora Huff frente a todos.

—Nuestro musical ha sido elegido. Mañana repartiré guiones para que puedan practicar para las audiciones la próxima semana. ¡Buena suerte!

Samantha se puso de puntillas para ver el cartel, pero Trista, una de las niñas más altas del club, estaba bloqueando su visión.

—¡Vamos a hacer *Pequeña Tienda de Horrores*! —exclamó Trista a sus amigos.

¡Sí! A Samantha le encantaba esa historia. ¡Estaba tan llena de esperanzas y sueños!

La mejor amiga de Samantha, Reina, parecía estar igual de entusiasmada. —¡El vestuario es divertido! —Reina siempre hacía el vestuario. Ella quería ser una diseñadora de moda algún día—. ¿Y tú, Samantha? ¡Dime que vas a hacer la audición para representar un personaje!

El entusiasmo de Samantha se desvaneció rápidamente. Se mordió el labio. *¿Debería hacer una audición esta vez?*

Trista giró sobre sus talones. —¿Por qué querría Sam hacer una audición? —dijo, poniendo un brazo alrededor de Samantha. —Necesitamos que sea la tramoyera como el año pasado. ¿No es así niñas?

Uno de los amigos de Trista asintió con la cabeza.

—¿Quién va a mover el decorado y traernos agua?

—Sí —agregó otro amigo. —Además, nos gustaría mantener el espectáculo sin accidentes, si sabes a lo que me refiero —sonrió.

Las mejillas de Samantha ardieron. Nadie se olvidaría de lo que había sucedido la última vez que protagonizó un musical. *Cielos.*

—Además —agregó Trista —mi papá dice que, si me dan el papel principal, va a traer al señor Mason, un gran cazatalentos de Nueva York, para verme actuar. Tú no arruinarías esa oportunidad, ¿verdad, Sam?

Samantha tragó en seco. El padre de Trista era el alcalde, y ella podía hacer la vida de Samantha miserable si no cooperaba. El último estudiante que se atrevió a desafiar a Trista tuvo que mudarse de la ciudad. Su perro fue declarado, repentinamente, un problema ruidoso, y la familia no estaba dispuesta a darlo en adopción. Al menos, ese era el rumor.

Samantha suspiró. —Por supuesto que no voy a arruinarte esa oportunidad.

Trista sonrió con satisfacción. —Pensé que estarías de acuerdo, y mis niñas representarán a los personajes de apoyo, ¿verdad?

Elevó su voz para que todos los que estaban cerca pudieran oír. —¿Verdad?

Todo el mundo asintió.

—Entonces está decidido—dijo Trista. —Tú y los demás serán el equipo de soporte. Nosotros nos encargaremos de resto.

Y después de eso, Trista se marchó con sus amigas.

—Qué descaro —dijo Reina. —Jugar a la política para salirse con la suya es asqueroso.

—No importa—dijo Samantha. —Yo no habría hecho la audición de todos modos.

—¿Por qué no?

Samantha miró a Reina. —Reina, ¿quién puede olvidar que yo, Samantha Shannin, cancelé toda la actuación de *Annie* de la escuela porque Annie, o sea yo, se cayó del escenario y gritó como loca por una tibia fracturada? Eso le dio todo un nuevo significado a la frase "Rómpete una pierna."

Reina frunció el ceño. —Eso fue hace dos años.

—Lo sé —dijo Samantha. —Pero también me gusta ser tramoyista, así que está bien. De veras.

Reina levantó una ceja. —No estás en el club de drama para ser tramoyista y tú lo sabes.

Reina volteó para marcharse. —Te veré mañana.

Después de que Reina se fue, Samantha se dirigió a su casa pensando en lo que había dicho. Su amiga tenía razón. Estaba en el Club de teatro porque amaba el teatro y todo lo que formaba parte de él, pero lo que más quería era cantar en un musical. Ella había soñado con Broadway desde que era lo suficientemente mayor como para sostener un cepillo de pelo como micrófono y ponerse una boa de plumas sobre sus hombros.

Samantha se detuvo en medio de la acera y se imaginó a sí misma como Audrey, la protagonista, cantando "De pronto Seymour". La multitud quedaría deslumbrada. Pero la siguiente imagen que vio fue verse caer en la fosa de la orquesta. ¡Crac!

Mientras gritaba en agonía tratando de salir del foso de la orquesta, Trista la miraba con las manos en las caderas.

—El papel de Audrey debería haber sido *mío.*

Luego, cientos de niños se acercaron la escena con sus celulares para tomar fotos del pequeño contratiempo de Samantha.

La visión de Samantha se desvaneció, y el vecindario reapareció frente a ella. ¿Hacer la audición para el papel de Audrey? *Ni de chiste.*

En las audiciones de la siguiente semana, sólo Reina se atrevió a retar a Trista para obtener el papel principal, pero no lo consiguió. Reina no podía cantar ni una nota, aun si su bolso Christian Lacroix clásico dependiera de ello. Esa tarde, Reina y Samantha conversaban en casa de Samantha, en su habitación.

—Al menos lo intenté—, dijo Reina. —Alguien tiene que poder contra la mujer-monstruo. Creo que la señora Huff se muere de ganas de que cualquier otro alumno que no sea Trista actúe en el papel principal. Deberías haber participado en la audición. Lo habrías conseguido.

Samantha negó con la cabeza. Ella no estaba dispuesta a enfrentar la ira de Trista si conseguía el papel. —Todavía no es mi momento, pero por lo menos lograste ser suplente. Eso ya es un logro.

Reina sonrió. —Apuesto a que Trista no puede soportar eso. ¿Por qué no nos enfermamos y tosemos sobre ella unos días antes del espectáculo? Luego, cuando se contagie con un caso horrible de estreptococos, puedo tomar el personaje principal y poner a Trista en su lugar.

La idea era atractiva. Pero... —No vale la pena. Ella va a ser una buena Audrey.

Reina le lanzó una almohada a Samantha. —¡Me estás volviendo loca! No dejes que Trista te robe tus sueños. ¡Le tienes miedo!

—¡No le tengo miedo!

—Sí, sí le tienes miedo.

La verdad es que Reina tenía razón. Samantha estaba preocupada por Trista, pero lo que Reina no sabía era que estaba más preocupada por estropear todo el espectáculo. No podía volver a hacerlo, ni en sueños.

En el transcurso de los siguientes dos meses, el club se centró en la producción de su nuevo musical. A medida que pasaban las semanas, Samantha se sentía más y más molesta de que

Trista tuviera el papel. ¡Era tan mediocre! No podía recordar sus líneas, se confundía siempre con las posiciones y bailaba como una jirafa desgarbada. Samantha sintió lástima por la señora Huff. Su maestra siempre parecía preferir empapelar un cuarto de baño que dirigir a Trista en su papel.

Para empeorar las cosas, Reina estaba teniendo dificultades siendo una suplente. Samantha no sólo trabajaba en el diseño del escenario, sino que también estaba ayudando a la Reina a ensayar por las tardes.

—¿Por qué hice la audición con Audrey? — se quejó Reina — Ahora estoy pensando que realmente espero que Trista no se enferme, o voy a hacer el ridículo.

—Todo va a estar bien—, dijo Samantha. —Tienes todas tus posiciones. Tus líneas están casi memorizadas, lo único que está mal es tu canto.

Reina levantó las manos. —Esto es una pesadilla. Me voy a vengar de Trista por ser tan mala.

—¿De veras?

—¡Sí, de veras! —dijo Reina entrecerrando los ojos. — Espera a ver el vestuario que he elegido para ella. ¡Le encantará!

Efectivamente, justo antes de los ensayos de vestuario de la semana siguiente, Reina le presentó a Trista su selección de vestuario. —¡Yo no puedo usar ese atuendo! —se quejó Trista. — ¡Se ve usado... y ancho... y desaliñado!

—El espectáculo prácticamente no tiene presupuesto— explicó Reina. —Tuve que trabajar con lo que ya teníamos en el departamento de teatro. Son de tu talla, y es perfecto para el papel de Audrey.

—¿Mi talla? — Trista agarró el saco de patatas de vestido que le habían entregado. Estas rayas me harán gordísima. Voy a hacerme mi propio vestuario, muchas gracias —añadió, y tiró el vestido al suelo.

La señora Huff detuvo el trabajo que estaba haciendo con Eric, el niño que tenía el personaje de Seymour. —Trista, usa lo que Reina eligió. No tengo *prima donnas* en mi elenco; todavía no estás en Hollywood.

—¡Pero señora Huff—, protestó Trista, —no puedo usar ropa usada! Podría sufrir una reacción alérgica severa.

—Consigue una nota médica entonces —dijo la señora Huff.

Trista sonrió. —Lo haré.

Y al día siguiente la trajo, junto con un nuevo traje para su papel. Samantha tuvo que admitir que el vestido de leopardo y la estola de piel resultaban geniales para el papel.

—Mamá mandó a hacerlo a la medida. —Les mostró un par de tacones increíblemente altos que hacían juego. —Son de diseñador, hechos de leopardo verdadero. ¿Pueden creerlo?

Todos quedaron boquiabiertos. Reina se metió el dedo por la garganta.

Al final de la semana, el Club estaba listo para el ensayo de vestuario. Después de escuchar a Trista desafinar con la música durante semanas, Samantha no podía esperar a que el espectáculo terminara. El arribo del señor Mason a la ciudad también los estaba poniendo nerviosos a todos. La señora Huff no quería que nadie estropeara el espectáculo. Eric estaba nervioso, el coro estaba nervioso, incluso los niños que controlaban la planta devoradora de hombres estaban haciendo que la planta temblara demasiado.

Mientras Samantha trabajaba en los últimos toques de una pieza del escenario, la señora Huff se bajó del escenario mientras Trista y Eric practicaban un dueto. Se frotó las sienes como si tuviera migraña. —Samantha —dijo, bajando la voz. — ¿Por qué no te presentaste a la audición para el papel?

¿Había olvidado por completo la señora Huff que Samantha había destruido un musical completo? —Este... porque Trista actúa mucho mejor de lo que yo lo haría —tartamudeó Samantha.

La señora Huff echó un vistazo a Trista, que estaba tratando de bailar y cantar sha-la-la al mismo tiempo. —¿Estás segura de eso?

Samantha tragó en seco. —Ajá.

Justo en ese momento la voz de Eric se quebró.

—Bueno —dijo la señora Huff, —lo único que debemos temer es el miedo mismo. Todos mis estudiantes necesitan aprender eso, incluyendo estos dos.

Samantha asintió con la cabeza.

—¡Hazlo de nuevo, Trista! —dijo la señora Huff. —Se supone que es un paso corto, no la polka.

Samantha vio a la señora Huff volver al escenario. Estaba feliz de no tener que estar allí.

La noche siguiente, todo el mundo se preparaba para la gran actuación. Reina corría por el camerino, ayudando a Trista y su pandilla a prepararse. Samantha se inclinó contra uno de los casilleros, preguntándose cuánto tiempo iba a tomar esto. El espectáculo comenzaría pronto.

—No puedo creer que se me haya roto el cierre —se quejó una de las amigas de Trista. Incluso Trista se estaba viendo un poco fuera de sí. Sus ojos estaban rojos y lacrimosos y estaba sujetando un pañuelo.

—¡Aaaaachuuuuu!

Los ojos de Reina se hincharon mientras trataba de arreglar la cremallera. —Trista, no es un resfriado lo que tienes, ¿verdad?

—Difícilmente —, dijo Trista con la nariz congestionada —. Soy alérgica a mi ropa.

Samantha y Reina la miraron. —¿Qué?

Trista señaló su vestido y levantó la pierna, apuntando su zapato al aire. —Alérgica al leopardo. ¿Puedes creerlo? El doctor lo averiguó ayer. Te dije que era alérgica a ciertas cosas.

Se frotó los ojos y parpadeó un par de veces. —Pero ¡el espectáculo debe continuar! —dijo, poniéndose de pie. —Estaré bien.

Reina parecía agotada. Samantha, espero que ella esté bien. Me moriría si tuviera que sustituirla.

Cinco minutos antes del espectáculo, Samantha y Reina le echaron un vistazo al público desde bastidores. El musical de la escuela era uno de los eventos más grandes de la ciudad. Todos los asientos estaban ocupados. Viendo tanta gente allí, Samantha se preguntó si debería haberse presentado a la audición. Anhelaba cantar ante un auditorio repleto.

Su corazón sintió una pequeña ola de arrepentimiento.

Reina parecía saber lo que Samantha estaba pensando. —Un día de estos, cantarás.

Las luces se atenuaron y la música comenzó.

Eric entró al escenario para actuar su primera escena como Seymour. Luego Trista apareció junto a Reina y a Samantha. Se limpió la nariz. —¿Cómo me veo? —susurró.

Reina y Samantha la miraron fijamente. Trista se veía horrible. Su maquillaje estaba completamente embarrado. Rímel negro corría por sus mejillas, y su nariz se veía tan roja como la de Rudolph.

—¡Aachuuuu!

—¡Shhh! Probablemente deberías cambiarte —susurró Reina. — Te daré mi ropa para que puedas salir.

—No es necesario —dijo Trista, agitando la mano como para ahuyentar a Reina. El señor Mason tiene que ver a una estrella en el escenario, y sería vergonzoso que me viera vistiendo tus trapos. Mi atuendo es el que Audrey se pondría, y esa es quién soy esta noche. Para el señor Mason. Ella esperó su señal y uego fue tambaleándose hacia el escenario, llevando sus tacones altos.

—¿Podría ser más desagradable? —preguntó Reina.

—¡Aachuuu!

Samantha negó con la cabeza. —No puedo mirar.

La enfermaba ver a Trista arruinar un gran espectáculo. Se escondió detrás del escenario y esperó a que el primer acto terminara para poder ayudar con el cambio de escena siguiente.

Todo el mundo logró llegar al intermedio sin mucho incidente. Pero cuando Samantha vio a Trista tras bambalinas, dudó que la niña fuera a durar toda la obra. Tenía los ojos enrojecidos y ya había gastado la mitad de una caja de Kleenex. Todos se preguntaban si necesitaría un médico.

—Soy una actriz —dijo Trista vehementemente. — ¡Achuu! No me rendiré por algo como esto.

—Trista, —dijo la señora Huff— claramente tienes un padecimiento médico.

—Por favor señora Huff, puedo hacer esto —insistió Trista. — Estoy perfectamente bien, no voy a decepcionar al señor Mason.

Reina intervino. —Señora Huff, tiene que dejarla subirse a ese escenario. — Cruzó los dedos detrás de la espalda. — Este es su sueño.

—Ay, está bien—cedió la señora Huff, y Trista salió de nuevo.

—Sólo unos cuantos números más —susurró Reina a Samantha— y lo habré logrado.

Miraron como empezaba el dúo para la canción "De pronto Seymour".

La voz de Trista sonaba cada vez más ronca, pero todavía era capaz de croar la letra. Samantha sintió admiración por ella, por ser tan decidida, a pesar de que estaba llevando al desastre la obra de teatro.

De repente, Trista dejó de cantar. Frunció los labios y apretó los ojos como si estuviera tratando de contener algo.

Oh-oh. ¿Qué estaba haciendo?

—¡Aaaaaaaachhuuuuu! — Trista estornudó tan fuerte que tropezó con sus tacones y se cayó del escenario.

La multitud contuvo la respiración. El corazón de Samantha se saltó un latido mientras Trista se estrellaba contra la fosa de la orquesta.

¿Estaba herida? Samantha y Reina corrieron por el escenario hacia ella.

—¡Estoy bien! —gritó Trista de inmediato, y saltó de la fosa. Su vestido estaba rasgado y su pelo estaba hecho un desastre. —¡Estoy bien! —repitió, sacando un arco de violín de su pelo.— ¿Ven?

La multitud dejó escapar un suspiro colectivo de alivio a medida que las luces se encendieron. El público aplaudía a Trista, alegrándose de que estuviera a salvo.

La señora Huff se apresuró a ayudarla.

—Todavía puedo hacerlo, señora Huff —suplicó Trista—. ¡Por favor! Puedo terminar el espectáculo. ¡No me he roto una pierna ni nada! ¡PAPÁ! ¡SEÑOR MASON!, ¿ESTÁN VIENDO ESTO? ¡SIGO ACTUANDO! ¡SOY UNA VERDADERA ESTRELLA!

Pero la señora Huff sacó a Trista de la fosa tan rápido como pudo. Al pasar por donde estaban Reina y Samantha, dijo: —Reina, el espectáculo tiene que continuar. Sube al escenario.

Las luces se atenuaron de nuevo, y la multitud se calmó.

—¡De ninguna manera! —susurró Reina. —Yo no puedo hacer esto. Te toca a ti.

Samantha miró el escenario. "Seymour" estaba ahí parado, solo, como si estuviera desesperado por salir del musical. La multitud estaba en silencio. Samantha se mordió el labio. El escenario abierto la llamaba, pero en sus entrañas sentía náuseas. Estaba asustada. ¿Qué había dicho la señora Huff? Lo único que debemos temer es el miedo mismo.

Samantha sintió mariposas en el estómago. De repente se sintió cansada de tener miedo. Apretó los puños. No podía darle más poder a ese sentimiento. Ese escenario estaba destinado a ser de ella.

Avanzó hacia el escenario y subió los escalones.

Un niño la reconoció y gritó: —¡Siempre te hemos amado, Sam!

—¡Si! ¡Es Samantha! —gritó otra niña.

Samantha se enderezó un poco más. Tal vez el público había olvidado lo que había sucedido hace dos años. O... tal vez ella era la única persona que no lo había olvidado.

Más gente aplaudió. Vio a un hombre con traje elegante sentado en primera fila del centro. Era el señor Mason.

Samantha se paró junto a Eric y respiró profundamente.

Quizá este era su momento.

Esperó a que comenzara la música y cantó, entonando la melodía como si fuera la primera y última canción que fuera a cantar.

Cuando la multitud se levantó para aplaudirle, Samantha volvió a ser esa pequeña niña otra vez, cantando con un cepillo de pelo como micrófono y una boa de plumas sobre su hombro.

Finalmente estaba en el lugar que amaba, el escenario, llena de esperanza. Llena de sueños.

Nunca más tendría miedo de ir tras sus sueños.

6

¡Santos roedores!

Cuando Alec llegó a casa de la escuela, su padre lo llamó desde su estudio.

—Por vigésima vez, Alec, ¡por favor limpia tu habitación! Tu mamá y yo tenemos otras cosas que hacer, como cuidar al bebé.

Alec se quejó, dejando caer su mochila en el pasillo. —Ya lo haré, papá.

Pero Alec nunca lo hizo. ¿Por qué iba a hacerlo? Su madre siempre lo hacía por él de todos modos. Tenía otras cosas que hacer, como salir con sus amigos. Incluso arrancarse las pestañas, una por una, sería más agradable que limpiar.

—Hijo, necesitas responsabilizarte —le advirtió su padre. —Tu madre ya no va a seguir limpiando por ti.

Alec se encogió de hombros y se fue a la cocina. Dudaba que papá hablara en serio. Tomó un plátano y se fue a su habitación. Para probar su punto, sonrió frente al creciente desorden de su habitación, se comió el plátano y tiró la cáscara en la alfombra. *Sólo espera y verás.* Luego salió a buscar a sus amigos en el parque.

Lo que Alec no sabía era que su padre sí hablaba en serio. Esa misma noche, mientras Alec dormía, sus padres hablaron en voz baja acerca del destino de su hijo y su dormitorio.

—El niño no tiene respeto por la autoridad —dijo su padre. —No tiene un ápice de responsabilidad.

—Estoy de acuerdo —dijo su madre mientras colocaba a Serena en su cuna.

—Si él no es responsable de sus cosas, ¿entonces quién? Si no es ahora, entonces, ¿cuándo?

—Sin duda alguna.

—Ya sé qué debemos hacer...

Su madre dejó que las palabras flotaran en el aire por un momento y sonrió.

—¿Qué?

El padre de Alec se inclinó para exponerle su plan.

¡Harían algo impensable, inimaginable e indecible! No harían... absolutamente nada.

Cuando Alec se despertó, un aroma a plátano flotó hasta su nariz, y se preguntó si su padre estaría haciendo panqueques de plátano. Sonrió, se estiró y se sacudió un calcetín sucio de su camiseta. Con la visión aún borrosa, se paró de la cama para prepararse para el día. Al cruzar la habitación se resbaló y cayó al suelo. ¡Ay!

Para sorpresa de Alec, la cáscara de plátano de ayer aún estaba tirada en el suelo. Ummm. Tal vez mamá todavía no había hecho la inspección regular. Despegó la cáscara de plátano de su pie, se levantó, y la colocó en el suelo de nuevo.

Cuando Alec regresó a casa de la escuela ese día, la casa estaba misteriosamente silenciosa. Alec se asomó por el pasillo.

—¿Papá?

—¿Sí, Alec? —respondió su padre desde su estudio.

—Sólo quería ver si estabas en casa.

Normalmente alguien le pedía que hiciera algo justo cuando volvía a casa. Se fue a su dormitorio y abrió la puerta.

Algo raro estaba pasando. La cáscara de plátano todavía estaba en el suelo.— ¿Mamá? —llamó Alec.

—Dime, Alec —respondió su madre desde la habitación contigua. Alec se estremeció, sorprendido. Su madre entró en el pasillo con la pequeña Serena, que estaba entretenida con su chupete, sentada en su cadera.

— ¿Por qué todavía está igual mi habitación? —preguntó Alec.

La cara de su madre permaneció inexpresiva. —¿Esperabas algo diferente?

—Pues...— Realmente no podía decir que estaba esperando que su madre hubiese recogido su habitación.

— No. Todo está bien. Hasta luego, mamá. —Confundido, entró y cerró su puerta.

Mientras examinaba el desorden, cruzó sus brazos e intentó comprender la desconcertante situación. Entonces lo adivinó. Supo exactamente lo que hacían sus padres. *Esto significaba la guerra.*

Durante toda la siguiente semana, Alec no sólo dejó crecer su desorden, sino que hizo todo lo posible para que se pusiera peor. Sabía que no habría forma de que su exageradamente ordenada madre y su vigilante padre pudieran soportar ver la habitación de Alec convertirse en un desastre. Naturalmente, tendrían que ceder.

Pero lo que Alec no sabía era que sus padres ya habían visto cosas peores de sus hijos: vómitos en los autos, orina en las paredes y pañales cargados. Los montones de ropa sucia, migajas de comida y cáscaras de plátano podridas no les impresionaban.

Alec siguió sin recoger su habitación. Si lo hacía, alteraría el equilibrio del universo. En la mente de Alec, había que dejar las cosas, como la limpieza de las habitaciones, para que las hiciera la gente que las sabía hacer bien. Su madre era una experta, y él no lo era. Si él recogía su desorden estaría enviando el mensaje equivocado; sus padres podrían realmente creer que él era capaz de tal tarea, y entonces las cosas realmente cambiarían.

Por tanto, Alec continuó ensuciando su cuarto hasta que alcanzó un estado reprobable. Se puso tan mal que tenía que escalar montones de ropa y basura solo para llegar a su cama. El hedor de los plátanos podridos comenzó a mezclarse con el olor del queso mohoso. Incluso él mismo no podía soportar el hedor, por lo que abrió las ventanas para respirar un poco de aire fresco. Sacó la cabeza por la ventana y sonrió. Problema resuelto.

Pasó otra semana. Como sus padres todavía no levantaban ni un dedo, Alec ensuciaba su habitación con más ganas, pensando que sus padres seguramente se darían por vencidos cuando la basura comenzara a fluir por su ventana hacia el patio.

La noticia se había extendido entre sus amigos, que habían logrado vislumbrar el desorden de Alec desde la parada de autobús.

—¡Amigo! ¡Tú habitación es un desastre épico! —comentó uno.

—No puedo creer que tus padres no te hagan limpiar eso —dijo otro. —Eres un suertudo.

—Deberías publicar un vídeo —dijo un tercero. —Es inspirador.

Sus amigos apoyaban su causa de todo corazón. Si Alec ganaba la batalla contra sus padres, prometieron hacer lo mismo y terminar de una buena vez con las limpiezas de habitaciones para siempre. Al oír esto, Alec sintió que su orgullo se elevaba.

Paso otra semana más. En lugar de resultar mágicamente limpia y recogida, la habitación de Alec parecía que necesitaba ser puesta en cuarentena en una burbuja autónoma para prevenir la propagación de enfermedades transmisibles. Además de eso, Alec ya no tenía ropa limpia. Antes que volver a usar sus cosas sucias, prefirió rescatar ropa vieja de las profundidades de su armario. Problema resuelto de nuevo, a pesar de que sus pantalones de pijama de Batman estaban cortando su circulación.

Una semana después, Alec empezó a escuchar sonidos de roedores que venían de debajo de su cama por la noche. ¡Tric, tric, tric!

Alec trató de ignorarlo y cerró los ojos para poder dormir, pero los sonidos persistían. ¡Tric, tric!

Se colocó un par de audífonos y sonrió. Una vez más, encontró la solución perfecta para el problema. Ahora sólo tenía que soportar la sensación de pequeñas patitas de roedores caminando a través de su pecho mientras dormía.

No mucho después de eso, finalmente hubo un cambio. El teléfono comenzó a sonar sin descanso. Los vecinos se quejaron con los padres de Alec, pues habían visto ratas entrando y saliendo de la ventana del dormitorio de Alec.

Alec levantó el teléfono y escucho a escondidas.

—Mi esposa está pensando servir estofado de rata para la cena —dijo un vecino. —Tienes que acabar esto ahora mismo.

Alec sonrió. Sus padres tendrían que arreglar esto ahora. Si no ellos, ¿entonces quién? Si no ahora, ¿cuándo?

Para el asombro total de Alec, su madre y su padre… no hicieron absolutamente nada.

Lo que Alec no sabía era que sus padres habían pasado por cosas mucho peores. La familia de su padre había escapado de un país devastado por la guerra y su madre presentaba su declaración de impuestos todos los años, sin ayuda. Un puñado de ratas corriendo dentro y fuera de su casa no los intimidaba.

Muy pronto, los vecinos se enfurecieron aún más. La familia de Alec fue denunciada por violaciones a la ciudad. Cuando las aves de presa y los gatos callejeros empezaron a rodear la casa de Alec para cazar las ratas, un ciudadano preocupado apeló a control de animales. Pero no se podía hacer nada para que Alec limpiara su habitación. Mientras que los padres de Alec podrían ser declarados responsables de daños a la propiedad de otras personas, la ciudad no podía hacer nada si las ratas y otros animales solo estaban interesados en la habitación de Alec. Además, según el Código Municipal actual, las bandadas de pájaros e incluso las hordas de gatos no podían ser retirados de una residencia privada si los animales eran nativos de la ciudad.

La ciudad ciertamente no podía arrestar a los felinos callejeros por pasearse sobre las vallas ni a las aves por defecar en las cabezas de los vecinos. Las manos de la ciudad estaban atadas.

Por lo tanto, los Papás de Alec continuaron sin hacer ¡absolutamente nada!

Los amigos de Alec lo animaban. Los compañeros usaban camisetas que decían: "¡Mantén tu propio desorden!" Otros escribieron una canción titulada "Lo sucio es bello" para mostrar su solidaridad. Otros llevaban ratas grises de plástico para demostrar que ellos también podían vivir en paz con estas adorables criaturas.

—Amigo, escribí sobre ti como ' mi héroe ' en la clase de inglés —le dijo un compañero cuando se cruzaron en el pasillo.

Pero a pesar del apoyo, Alec se preguntaba exactamente cuánto tiempo más podría seguir despertando por la mañana mientras varios grandes halcones lo observaban desde la cabecera de su cama.

Indignado por la incapacidad de la ciudad para detener una catástrofe creciente, el vecindario comenzó a hacer un piquete. En la quinta semana, la caótica habitación de Alec apareció en las noticias de las cinco en punto y en la primera página del periódico local, *La Corneta*: "El ayuntamiento necesita tomar acción para limpiar la habitación de un niño." Avergonzado por la publicidad, el Concejo Municipal convocó una reunión de emergencia. Habría que aprobar nuevas leyes para convencer a Alec de que debía limpiar su habitación, y evitar así que otra situación como esta volviera a suceder.

Al día siguiente apareció una carta pegada a la puerta de entrada de Alec.

AVISO DE SALUD PÚBLICA

Debido a los acontecimientos recientes, el Concejo Municipal ha comenzado una nueva iniciativa gubernamental dirigida a proteger la salud y la seguridad de nuestros ciudadanos – N.V.C.A.P. (Niños que Viven, Comen y Actúan Pulcramente).

Los inspectores de N.V.C.A.P estarán realizando inspecciones aleatorias de los cuartos de los niños. Si una habitación se encuentra desordenada, los inspectores de N.V.C.A.P. emitirán una advertencia verbal y exigirán que la habitación se limpie y ordene dentro de las siguientes veinticuatro horas. Una segunda violación resultará la confiscación de una paga mensual del niño. Al recibir una tercera infracción, el niño será castigado en su casa y se verá obligado a vestir un mono de trabajo naranja estándar. Sus actividades se limitarán a completar tareas adicionales y cortos descansos para ir al baño acompañados por el personal de N.V.C.A.P

Cualquier niño que sea citado por una violación deberá realizar cuarenta horas de entrenamiento de limpieza, que incluirá, pero no se limitará a: pasar la aspiradora, organizar la casa, y limpiar la taza del inodoro.

Esta orden entra en vigor a partir de HOY,

Con ustedes en la limpieza,

El Ayuntamiento.

Alec tragó en seco. Las cosas estaban realmente a punto de cambiar, pero no para bien.

Su teléfono no dejaba de sonar otra vez. Esta vez, todos los niños de la ciudad lo estaban llamando para gritarle.

—¡Oye Alec! —se quejó uno de ellos— ¿Por qué no ordenas tus cosas como se supone que deberías hacerlo?

—Alguien con una máscara de gas está revisando mi cajón de ropa interior ahora mismo —dijo otro. — ¿Cómo pudiste hacernos esto?

—Alec, ¡nunca voy a perdonarte esto! —dijo alguien más. — ¡El naranja no es mi color favorito!

Después de que Alec escuchara cientos de llamadas de niños enojados se paró en su dormitorio y vio a su hermanita Serena jugar en una pila de su basura. Era cuestión de tiempo antes de que los inspectores *N.V.C.A.P.* llegaran a su casa.

Justo en ese momento, a Serena se le cayó el chupete de la boca y aterrizó en el montón de basura. Ella sonrió.

Sonó una sirena y seis hombres en trajes de protección invadieron la habitación.

El orgullo de Alec sobre el estado de su habitación se desvaneció rápidamente.

¿Era esto lo que quería realmente?

¿Que otras personas se encargaran de ello?

Miró el mar de basura, una rata del tamaño de un perro se movió rápidamente entre sus almohadas, y los hombres estaban revisando a Serena para asegurarse de que no tuviera parásitos.

¿Era esto lo que quería para el futuro de su hermanita?

Él ya tenía una respuesta.

Ese día, Alec comenzó a limpiar su habitación, pero desafortunadamente no pudo terminar en el tiempo asignado. Su habitación estaba demasiado desordenada. Alec tuvo mucho tiempo para pensar en lo que había hecho durante su entrenamiento de limpieza, mientras esponjaba almohadas y pulía la taza de un inodoro bajo estrecha supervisión cercana. Aun así, Alec continuó trabajando y nunca más dejaría de pasar otra inspección.

Pero lo que Alec no sabía era que, para sus padres, una habitación limpia era sólo la primera de muchas cosas que estaban a punto de cambiar en su vida.

—Cariño —dijo la madre de Alec a su marido. —Creo que es hora de que Alec entienda que ya no vamos a terminar sus tareas.

El padre de Alec sonrió. —Sin duda.

7

Código 7

urante la clase, Kaitlyn escuchó cómo la directora Cooler hizo un anuncio por el altavoz.

—Todos los años espero ansiosa la llegada de esta semana —dijo la directora—. La Semana de la Imaginación tiene como objetivo el imaginar el mundo como un lugar mejor, y luego hacer que suceda. Me encantan los proyectos de equipo, y ¡este año no es una excepción!

Kaitlyn suspiró. La idea de un proyecto de equipo la hacía sentir incómoda. Colocó una mano en la bolsa de mensajero que descansaba en su regazo. Desde que se mudaron a Flint Hill desde Nueva York hacía ya un año, ella no había intentado conocer a nadie. Prefería no sociabilizar.

—... Hoy se asignarán los equipos. Tendréis que elegir un nombre para vuestro equipo y empezar a trabajar en las ideas.

Un aplauso colectivo hizo eco por todo el salón. Nadie podía resistirse a una fiesta de pizza.

El maestro de Katilyn, el señor Loh, seleccionó los nombres, dividiendo la clase en tres grupos de siete. Kaitlyn colgó su bolsa sobre su hombro y se movió a la parte trasera del salón para unirse a su equipo. Ella no conocía a ninguno de ellos, pero sabía que el famoso Sebastián había causado un escándalo en la escuela vendiendo caramelos que habían causado una epidemia de alergias. *Genial.*

—Comencemos —dijo Sebastián. —Necesitamos delegar las tareas a las personas correctas si queremos tener éxito. Confíen en mí. Tengo mucha experiencia.

—¿Cuál es la prisa? —Interrumpió Alec. —Ni siquiera hemos decidido todavía qué haremos.

Miró a Jefferson. —Jefferson, danos una idea que a todo el mundo le guste.

Jefferson se atragantó. —¿Yo?

—Lo has hecho antes. A todo el mundo le encantó tu mural.

—No, no —dijo Talmage. —Empecemos con nuestras propias ideas primero. Estoy seguro de que podemos idear algo si pensamos en ello el tiempo suficiente.

—Lo tengo —dijo Samantha. —Podríamos hacer un espectáculo de talentos para recaudar dinero. Yo podría cantar para favorecer alguna causa.

—¡Eso me gusta! —dijo Genevive. —Tal vez nuestra causa podría ser sobre los animales. ¿Qué te parece, Kaitlyn?

Kaitlyn se mordió el labio. —Un espectáculo de talentos suena bien. *Siempre y cuando yo no esté en él.* Ella no estaba segura de poseer un verdadero talento.

—Espera un segundo —dijo Sebastián. —¿Quién querría dar saltos alrededor del escenario por una causa?

—Ni siquiera yo haría tal cosa para una fiesta de pizza —agregó Alec.

—Yo tampoco —dijo Talmage.

—¿Cómo vamos a hacer que el mundo sea un mejor lugar? —preguntó Jefferson. Necesitamos una causa. Esa es la razón de La Semana de la Imaginación. Podríamos hacer algo para apoyar a los artistas, prácticamente todos ellos se están muriendo de hambre.

—De acuerdo —dijo Samantha. —Los cantantes también son artistas. Muchos de ellos recurren a cantar en las calles.

—Y ¿qué pasa con los gatos y los perros? —preguntó Genevieve. —Muchos mueren de hambre y viven en las calles. Están indefensos.

—Genevieve tiene razón —dijo Alec. —Hay muchos animales hambrientos y sin hogar. Lo sé por experiencia.

—No, no… —dijo Sebastián, perdido en sus pensamientos— Tenemos que ayudar a las pequeñas empresas. Esa sí que es una buena causa.

Talmage interrumpió. —¡Lo tengo! Debemos hacer un curso de obstáculos con todo tipo de desafíos locos.

Todos miraron a Talmage.

—¿Por qué haríamos eso? —preguntó Alec.

Talmage sonrió ampliamente. —¿Porque es una idea genial?

Mientras el grupo debatía ideas, Kaitlyn observó la conversación de uno y otro lado. Ella deseaba sacar su cámara de video y capturar el proceso. A medida que continuaba la discusión, cada compañero de equipo se convencía más de que su idea era la buena.

—Sin arte —dijo Jefferson —el mundo sería un lugar muy feo.

—Pero ¿y la música? —interrogó Samantha.

—Perros y gatos— argumentó Genevieve.

Sebastián caminaba de un lado a otro impacientemente. —Pero las empresas son el tejido de nuestra comunidad.

Talmage seguía proponiendo la idea de la pista de obstáculos.

Kaitlyn suspiró de nuevo. No había manera de que este grupo pudiera decidirse.

—¿Y tú, Kaitlyn? —preguntó Genevieve. —¿Qué opinas?

—Este… —Ella no tenía idea de lo que podía opinar. Tal vez deberíamos pasar la semana trabajando en algo que a cada uno le guste. —Eso le ganaría más tiempo. —Luego, el viernes podemos votar por el proyecto que presentaremos el lunes.

Todos se miraron entre sí.

—Eso es genial, dijo Alec.

—¡Gran idea! —concordó Samantha.

—No veo por qué no —concluyó Sebastián. —Pero una última cosa, necesitamos un nombre de equipo. ¿Alguna idea?

¿Decidir sobre algo más? *De ninguna manera.* —¿Por qué no esperamos a decidirnos por un nombre hasta que sepamos cuál es nuestro proyecto? —sugirió Kaitlyn.

—Eso tiene sentido —dijo Jefferson.

—Todos los que están a favor digan 'sí' —dijo Sebastián.

—¡Sí! —respondieron todos justo antes de que sonara la campana. Kaitlyn sonrió. Ella había conseguido lo que quería, un proyecto individual y no de equipo. Sin embargo, todavía tenía un gran problema. ¿Qué iba a hacer para su proyecto? Mientras estaba sentada en su habitación esa noche, sacó la cámara de su maleta y la puso sobre su escritorio. Sabía que involucraría su cámara, pero no sabía lo que iba a filmar. Ni siquiera tenía una causa, como "Salven a los delfines" o "Encuentren una cura". Ella filmaba a la gente porque amaba las pequeñas historias que se desarrollaban frente a su cámara, como la vez que su mejor amiga le dijo a la cámara por qué se había enamorado perdidamente de Chad Rice. O cuando filmó la graduación de la secundaria de su primo y captó en la cámara la lágrima que se deslizó por la mejilla de su tío. O cuando su mamá recibió una mención honorífica por su documental. Lucía muy poderosa detrás de ese podio, pronunciando su discurso. Kaitlyn acarició la cámara.

¿Qué diría mamá? Mamá siempre filmaba cosas importantes. "Cosas que cambiarían la mentalidad de las personas sobre el mundo", solía decir.

¿Podría Kaitlyn hacer eso? ¿Qué mentalidad de la gente cambiaría?

No sabía qué, pero sabía que tenía que empezar a filmar algo. Al día siguiente, Kaitlyn reunió a su grupo en el aula. Tenía una propuesta. —¿A alguien le importa si los filmo haciendo sus proyectos?

—¿Filmarnos? —dijo Alec. —No creo que robarse nuestras ideas sea una buena idea, Kaitlyn.

—Eso no es lo que quiero —dijo, metiendo la mano en su bolso y sacando su cámara. —Ese será mi proyecto. Quiero hacer una película. Tal vez el capturarlos a todos ustedes trabajando en sus proyectos por una causa pueda ser mi proyecto.

A Genevieve se le iluminaron los ojos. —Eso es genial, Kaitlyn. ¿Sabes utilizarla?

—Parece sofisticada —agregó Samantha.

Kaitlyn se ruborizó. —Mi mamá me la dio. Ella me enseñó a usarla.

—No me importa si me filmas —dijo Talmage.

—Siempre y cuando te enfoques en mi lado bueno —agregó Alec.

Todos accedieron a que Kaitlyn los filmara. Ese día, después de la escuela, Kaitlyn fue con Jefferson a una parada de autobús local. Grabó con su cámara mientras caminaban.

—Quiero transformar cómo se ve la ciudad —dijo Jefferson, gesticulando a su alrededor. —Todas nuestras paradas de autobús están descuidadas. Podríamos decorar cada parada con arte, y contratar a artistas locales para hacerlo.

Kaitlyn estaba impresionada. Era una gran idea.

Luego se reunió con Alec en el parque. —Mi idea es embellecer la ciudad pidiéndole a los ciudadanos que recojan su basura y la de los demás. Dejamos bolsas de basura reciclables en varias ubicaciones. De esa manera, si te sientes motivado, puedes tomar una bolsa, recoger la basura e irte. Les enseñará a todos que el desorden de la ciudad es responsabilidad de todos.

Cuando Kaitlyn se reunió con Samantha en su casa, ella la filmó trabajando en una nueva canción. —Quiero cantar algo que haga que la gente cuide de nuestro mundo.

Al día siguiente, Kaitlyn capturó a Genevieve usando un mapa del vecindario para establecer un sistema de hogares de acogida para mascotas. —Si todos los niños de la primaria Flint Hill pudieran albergar un animal, ¡podríamos salvar cientos de gatos y perros cada año!

Sebastián estaba elaborando planes de negocios con su hermanito Jason. —Me gustaría ayudar a las pequeñas empresas a atraer a más clientes a través de publicidad de bajo costo.

—¡Podríamos hacer que las empresas patrocinaran a mi equipo de fútbol! —agregó Jason.

Talmage estaba construyendo una pista con obstáculos en su patio, con muros de escalada, sogas y una piscina de lodo. —Voy a pegar premios al azar en el barro que la gente tendrá que pescar. Será casi imposible encontrar el premio mágico.

Todos tenían grandes ideas. A Kaitlyn le preocupaba que su proyecto no fuera tan bueno como el de todos los demás. Todo lo que tenía eran clips al azar de sus compañeros de equipo. ¿Qué tipo de proyecto era ese?

Sin embargo, siguió filmando porque eso era lo que la atraía, igual que a algunas personas les atraía dibujar o escribir. Pero a medida que avanzaba la semana, las cosas empezaron a desmoronarse para sus compañeros de equipo. Kaitlyn filmó la decepción de Jefferson al darse cuenta de que no podía hacer el proyecto de cooperación entre artistas. Tenían que pagarles a los artistas hambrientos, y Jefferson no tenía el dinero. Samantha sufrió un severo caso de bloqueo de escritor cuando descubrió que Stevie Wonder y U2 ya habían hecho canciones como la suya. Y Sebastián estaba bastante seguro de que su plan de negocios podría ser ilegal si deseaba usar las imágenes de los atletas famosos en las camisas de fútbol patrocinadas por las compañías.

Cuando Kaitlyn fue a filmar a Genevieve, ella había perdido la esperanza en su sistema de cuidado de acogida. Alrededor de una cuarta parte del cuerpo estudiantil tenía un miembro de la familia que era alérgico a los perros o a los gatos. Otra mitad tenía padres que ya tenían suficiente con las mascotas de sus propios hijos, y el resto estaba más interesado en iguanas y

tarántulas. El único compañero de equipo que parecía feliz con su proyecto era Talmage.

—No podemos venderle la idea de la pista con obstáculos a la directora Cooler simplemente porque es *genial* —dijo Sebastián a sus compañeros el viernes. —Tenemos que pensar en algo que sea importante.

—¿Y tú qué, Kaitlyn? —preguntó Alec. —Tú si tienes algo, ¿verdad?

Sí, videos de compañeros decepcionados, pensó Kaitlyn. —En realidad, no.

—Pero esto fue idea tuya —dijo Jefferson. —Que hiciéramos nuestros propios proyectos por separado.

—Dejamos que nos filmaras —dijo Samantha.

—Puedes usarlo de alguna manera, ¿verdad? —dijo Genevieve esperanzada.

—Yo digo que votemos para presentar el proyecto de Kaitlyn —dijo Sebastián. —Todos los que estén a favor digan 'sí'.

—¡Sí! —respondieron todos.

—Sabemos que se te ocurrirá algo brillante —dijo Jefferson. — Simplemente examina todas las posibilidades.

—Se levanta la sesión —dijo Sebastián.

Kaitlyn dejó el aula cargando todo el peso del proyecto sobre sus hombros. Su plan para ganar más tiempo se había vuelto en su contra. ¿Qué iba a hacer ahora?

—¡Espera!

Kaitlyn dio vuelta en el pasillo.

Genevieve la alcanzó. —Necesitarás mi ayuda.

—No —dijo Kaitlyn. —Yo puedo sola.

—¿Estás segura? —Genevieve parecía dudarlo. —Sé que votamos por tu proyecto, pero no tienes que hacerlo sola.

—Gracias —dijo Kaitlyn, —pero todo está bien.

Kaitlyn no quería involucrar a nadie más. Ya había hecho suficiente.

—De acuerdo —dijo Genevieve. —Pero promete que me llamarás si me necesitas.

Kaitlyn asintió con la cabeza. Genevieve era muy amable. Era su naturaleza. Muy atenta. Si Kaitlyn se hubiera preocupado de la misma manera, tal vez no se encontraría en este lío.

Cuando llegó a casa de la escuela, cargó todas las imágenes de su cámara a su computadora. ¿Sobre qué podría cambiar la mentalidad de la gente? Vio cada clip, pero fueron los clips de Genevieve los que vio una y otra vez.

Kaitlyn pausó la reproducción en una imagen de la cara decepcionada de Genevive cuando se enteró de que su proyecto no funcionaría. Era casi como si Genevive creyera que cada perro y gato sin hogar dependiera de ella, y ella los estaba abandonando a todos. Esa era la historia de Genevieve, fácilmente capturada en treinta segundos de película. Genevieve siempre trataba de ayudar a alguien o a alguna causa.

Pero ¿cuál era la historia de Kaitlyn? Kaitlyn miró su reflejo en su espejo de cuerpo entero. A ella no le gustaba lo que veía: la tristeza de la muerte de su madre y luego tener que alejarse del lugar donde había crecido. Durante un año, Kaitlyn se había mantenido alejada de otras personas porque no quería que los demás se dieran cuenta de esa tristeza. Estaba segura de que todos pensaban que era simplemente una solitaria, pero Kaitlyn no era una solitaria. Simplemente estaba... sola.

Kaitlyn miró de nuevo a Genevieve en la pantalla de su computadora. Genevieve se preocupaba tanto que incluso se había ofrecido a ayudar a Kaitlyn. Genevieve le había hecho sentir que no estaba tan sola.

Pensó en la Semana de la imaginación, en construir un mundo mejor. Quería ayudar a Genevieve a ayudar a esos perros y gatos. Revisó los clips de los otros compañeros y trató de concentrarse. Filmaba a la gente porque se sentía atraída por sus historias.

Jefferson tenía una visión artística. Samantha se enfocaba en su deseo de cantar. Talmage amaba los desafíos. Alec quería que las personas asumieran la responsabilidad de ellas mismas y de los demás, y Sebastián encarnaba el espíritu emprendedor. Poco a poco, una historia más grande le vino a la mente. Una que era mucho más grande que todas ellas combinadas. *Y si...*

¡Lo tenía!

Kaitlyn inmediatamente se puso en contacto con sus compañeros y estableció un plan. Luego, durante todo el fin de semana filmó a sus compañeros de equipo trabajando en su idea para su nuevo proyecto y editó la película.

El lunes, la directora Cooler los reunió a todos en una asamblea para ver los proyectos de la semana de la imaginación. Los proyectos se presentaron por grado, y el equipo de Kaitlyn estaba programado para ir el último. Kaitlyn no podía quedarse quieta. Primero, los estudiantes de kínder presentaron una obra de teatro donde imaginaron un mundo en el que todos debían unirse en silencio en un círculo para promover la paz. El público estalló en aplausos. Había proyectos sobre la pobreza, la educación y las enfermedades. Para cuando el equipo de cuarto grado presentó su proyecto reflexivo sobre reciclaje y ecología, Kaitlyn tenía la sensación de tener millones de "mariposas" en el estómago. Finalmente era hora.

—Y nuestra última presentación —anunció la directora Cooler— será la de Kaitlyn Williams en nombre de su equipo.

Kaitlyn subió al podio y colocó una tarjeta en la que había escrito un breve discurso. Suspiró y recordó lo poderosa que se veía su madre cuando hizo el suyo.

—La Semana de la imaginación se trata de mejorar el mundo —dijo Kaitlyn. —He aprendido que una sola persona puede hacer ciertas cosas, pero cuando compartimos nuestras historias y trabajamos juntos, podemos hacer mucho más.

Ella inició su película.

Una dulce canción entonada por Samantha se escuchó en los altavoces. Imágenes de cachorros y gatitos encontrados en las calles de Flint Hill aparecieron en la pantalla. El público enterneció. Luego apareció Jefferson en pantalla. Estaba parado en una calle ordinaria. —El arte tiene el poder de embellecer nuestra comunidad.

Le siguió Alec hablando sobre las bolsas de plástico y la limpieza de la ciudad. El siguiente fue Sebastián, parado al lado del dueño de una tienda de suministros para mascotas. —Las personas como Nate Romano les dan empleos a nuestros ciudadanos y alimentan a nuestros animales.

La pantalla se volvió negra; las palabras parpadearon en la pantalla.

Las ideas
Se convierten
En realidad.

El público vio imágenes de Nate y sus empleados en el estacionamiento del suministro de mascotas de Nate. Grandes murales de gatos y perros, creados por artistas locales, captaban la atención de los transeúntes. El lote estaba lleno con una pista de obstáculos para perros y gatos y estaciones para la limpieza de los desechos de los animales. Los ciudadanos de Flint Hill estaban revisando los animales traídos por control de animales para su adopción.

Genevieve colocó a un Chihuahua delante de la cámara. —Control de animales necesita nuestra ayuda. Estos eventos de adopción en el suministro de mascotas de Nate salvan a perros y gatos que no tienen hogar. Sus honorarios de adopción y donaciones les dan a nuestros ciudadanos peludos los hogares que se merecen. ¡Adopta una mascota en el próximo evento de adopción de Nate!

Más palabras e imágenes brillaron a través de la pantalla a medida que la canción de Samantha llegaba a su verso final.

Individuos

Que trabajan

Juntos

En la siguiente imagen, Jefferson ayudaba a los artistas con sus murales mientras la palabra "Autenticidad" aparecía en la pantalla.

Surgió otra imagen: una foto de Sebastián estrechando la mano de Nate y el Consejo empresarial de Flint Hill. La palabra que apareció entonces fue "Determinación".

En otra instantánea apareció Genevieve hablando con un oficial de control de animales mientras la palabra "Cuidado" aparecía en la pantalla.

Alec preparaba sus estaciones de recolección con el personal de Nate mientras se leía la palabra "Responsabilidad".

Talmage entrenaba a un Retriever para saltar sobre un obstáculo. "Perseverancia".

Samantha interpretaba su canción para los asistentes del evento. "Valentía ".

Luego apareció una imagen de Kaitlyn con su cámara apuntando al evento de adopción.

Su palabra era "Transformación".

Kaitlyn habló de nuevo mientras más imágenes de perros y gatos sin hogar aparecían en la pantalla. —Estas palabras cuentan nuestras historias.

Kaitlyn pensó en su propia historia. ¡Cómo deseaba que su madre pudiera verla ahora!

—Creo que todos nosotros podemos llevar vidas épicas como individuos y equipos, no sólo para nosotros mismos, sino para el mundo que nos rodea. Esta es nuestra promesa. Este es nuestro código.

Apareció la imagen de su equipo en la pantalla. Todos los miembros tenían un animal en los brazos.

—Estudiantes de Flint Hill—, dijo Kaitlyn, — nos llamamos Código 7.

La canción de Samantha se desvaneció cuando la pantalla se volvió negra.

El salón guardó silencio por unos momentos, y luego estalló en aplausos ensordecedores. La multitud comenzó a cantar: —¡Código 7, Código 7, ¡Código 7!

Kaitlyn dejó escapar un suspiro y sonrió.

Lo hice, mamá.

—Parece que tenemos un ganador —dijo la directora Cooler. — ¡Código 7 acaba de ganarse una fiesta de pizza!

Los compañeros de Kaitlyn saltaron de sus asientos y se dieron grandes abrazos. A nadie le importaba el premio. Lo que habían logrado en el espacio de una semana era mucho más que eso.

—Esto me hace preguntarme —dijo Sebastián mientras chocaba la mano de Kaitlyn en alto. —¿Qué vamos a hacer ahora?

—¡Deportes extremos! —sugirió Talmage.

Kaitlyn se rio mientras Genevieve le daba un abrazo. —Estuviste genial —dijo Genevieve. Kaitlyn sonrió mientras descansaba la barbilla en el hombro de Genevieve; hacía mucho tiempo que no recibía el abrazo de un amigo.

Kaitlyn miró a la bolsa de mensajero que descansaba en su asiento. *He cambiado la mentalidad de las personas, ¿no es así?*

Pero haber logrado que la gente se preocupara por los perros y los gatos sin hogar no era por lo que Kaitlyn se sentía tan orgullosa.

Ella había cambiado; ya no estaba sola.

Era Kaitlyn otra vez.

Se había transformado en...

... *Kaitlyn* ... finalmente.

AGRADECIMIENTO DEL AUTOR

Estimado lector,

Gracias por leer Código 7. Espero que hayas disfrutado con el libro tanto como yo escribiéndolo. Si quieres decirme lo mucho que te ha gustado, me encantaría que escribieras una opinión del libro. Las leo todas, y lo que es más importante, la reseña ayudará a otros a decidir si es una novela adecuada para ellos. Ten en cuenta que tu opinión debe ser escrita por tu padre, madre o tutor si tienes menos de trece años. Diles lo mucho que quieres compartir tu pensamiento conmigo, y espero que te ayuden a hacerlo.

Asimismo, no pierdas de vista mi próximo libro:
El Proyecto Proto: Una Aventura de Ciencia-Ficción de la Mente (en inglés).

Si quieres saber más acerca del libro o leer un anticipo, por favor visita www.candywrapper.co.

Atentamente,

BRYAN R. JOHNSON

¡Visita el sitio web para saber
más sobre el autor y la historia que
hay detrás de las historias!

www.candywrapper.co

Apúntate para
recibir novedades
del autor

Descárgate la
guía de debate

Descubre más cosas sobre
las órdenes de clase

Consigue un anticipo de
otros libros escritos
por Bryan R. Johnson

Code 7

Cracking the Code
for an Epic Life

Bryan R. Johnson

Code 7
Cracking the Code for an Epic Life

7 Children. 7 Stories.

Explore the world of seven children who find themselves on a path to crack the code for an epic life! Follow their stories as they chase their dreams on stage, search for an elusive monster fish, or run a makeshift business out of a tree house. Find out how they find a way to work together to change their community.

"Educators and parents will appreciate the life lessons of caring, having a strong work ethic, and embracing teamwork that are so important during a child's formative years."

—School Library Journal

"Johnson is a purposeful storyteller; and each of his seven tales embodies a different, important characteristic that a successful person should have."

—Kirkus Reviews

"Code 7 engages kids through entertaining stories that reveal important insights about character, integrity, and social responsibility. This book is an inspiration to children who wish to pursue their passions and bring original ideas into the world."

—Adam Grant, New York Times bestselling author of *Give and Take* and *Originals*

"Code 7 is a staple for every school library and a valuable resource for educators who wish to grow motivated and socially responsible citizens in the classroom."

—Charles Best, CEO, DonorsChoose.org

About the Author

Bryan R. Johnson is a real-life adventurer. When he's not climbing the peaks of Mount Kilimanjaro or flying airplanes, he's exploring the inner-workings of the human brain and investing in breakthrough science. Bryan prefers fist bumps over handshakes, hip hop to jazz, and pizza without crust.

1

A World of Possibilities

In the school auditorium, Jefferson sat with his fifth grade class as the students of Flint Hill Elementary filed in. It was near the end of the day, and he was ready to get out of school. He didn't think much of assemblies—lectures on bullying, school safety … boring. While he waited, he took a tiny notepad and pencil from his pocket and started to draw. Drawing was something Jefferson loved to do—second only to painting.

Jefferson's best friend, Darren, was sitting beside him. "What are you drawing this time?"

"The usual," Jefferson said. "What I see."

Jefferson sketched a picture of the scene before him. He drew in Principal Cooler, who was standing on stage with a large chalkboard behind her. He worked on her poofy hair and black-rimmed glasses.

Principal Cooler cleared her throat. "Students and staff," she began, "this year marks an important year for Flint Hill. Our school is celebrating its fiftieth anniversary!"

Principal Cooler politely clapped and the audience followed suit.

"But the school building is showing its age. It's time we address that."

A hundred whispers filled the room. Jefferson paused from his drawing, wondering what Principal Cooler had meant.

"They're going to tear this place down!" Darren smacked a fist into his palm. "Bam!"

"In your dreams." Jefferson knew that wouldn't happen. Flint Hill was proud, and the small town was even prouder. Some famous scientist who invented plastic—or something like that—went here. They'd never demolish the school.

Principal Cooler grabbed chalk from the tray. "Today I'd like to hear suggestions about how we can make our school look better than ever for our big anniversary celebration. Who has an idea?"

Dozens of hands shot into the air. Principal Cooler called on a second grade boy.

"Let's build a roller coaster that starts in the cafeteria and ends at the bus stop," he said.

"Roller coaster." Principal Cooler wrote the words on the chalkboard. "That might be a bit much, but thank you for your suggestion." She turned to face the audience. "Now what else would make the school a real standout?"

Jefferson thought about Flint Hill, sitting atop its grassy, manicured slope. The lawn always looked amazing because Mr. Summers, the groundskeeper, had a knack for cutting perfect patterns with the riding mower in the grass. But the building itself was a miserable two-story rectangular shoebox in comparison. It had been painted in white over and over again to make it look new when it clearly wasn't. *Something that will stand out,* Jefferson thought.

Then it hit him. "A MURAL!" he blurted.

Everyone turned to look.

"We could paint something cool on the side of the building!"

"Like graffiti?" Darren said. "Sweet."

The audience buzzed with excitement.

"Isn't that illegal?" someone called out. "Awesome!"

Darren began to chant. "Mural, mural, mural!"

Jefferson elbowed Darren to stop him from causing a scene. But it seemed Jefferson's idea was taking over the room. "MURAL! MURAL!" everyone shouted.

As the teachers tried to quiet everyone, Principal Cooler thought it over. She waited until the room was calm and set down her chalk. "A mural is a brilliant idea! That would look great on the wall that overlooks the lawn and faces the town. It will transform the entire school. But who will paint it?"

"That's easy," Darren called out. "Jefferson can draw and paint anything."

Jefferson's ears burned. *Darren, quit it.* How could *he* do the mural? He wasn't an artist, like the real grown-up people who got paid to do that.

"It's true," said Katherine, a classmate sitting a row behind him. "Everyone knows Jefferson is a killer artist. Miss Baar is always using his work as an example in art class."

Jefferson swallowed. *She does?*

Miss Baar stood from the front row. "Principal Cooler, I have no doubt Jefferson can paint something perfect for the mural. He's a true artist. I'd say we put him in charge."

Jefferson gaped. *True artist? Put me in charge?* What had Miss Baar put in her coffee this morning?

But before Jefferson could refuse the job, Darren had started another round of chanting. "Jefferson! Jefferson! Jefferson!"

The decision was made.

After the assembly ended, the students were released for the day. Principal Cooler stopped Jefferson at his locker. "I can't wait to see your vision for the mural."

"My vision?" Jefferson mumbled as he tossed a few things into his backpack. "I mean, my vision will be great!"

Principal Cooler was all business. She opened the schedule book she was holding and ran her finger down the page. "Our anniversary celebration is in a month. I'm inviting the mayor, so you'll need to get started ASAP. Let's have an assembly next week to look at your plan." She slapped the book shut. "Sound good? Great!"

She spun on her heel and left Jefferson standing alone at his locker.

The mayor? A plan by next week? He slung his backpack over his shoulder and closed his locker. How was he going to do this?

He headed out the side entrance. Mr. Summers was riding the mower, doing his weekly cut of the lawn. Jefferson strode out onto the grass and turned to look at the largest canvas he had ever laid eyes on. The two-story white brick wall seemed to go on forever. What was he going to fill that with? How was he even going to get up there?

A few students spotted Jefferson before they got onto a school bus. "Do something cool," a boy said, "like snakes!"

"Paint a zoo," a girl said.

"No, superheroes!" suggested another boy.

As the kids boarded the bus, Jefferson thought about their ideas. Suddenly, he could picture something. A vision! He pulled out his notepad and jotted things down.

The following week, the school auditorium was noisy with excitement. Principal Cooler was already onstage. A screen had been set up, and Jefferson was standing behind a laptop. Once the students quieted, Principal Cooler said, "Jefferson will present his design idea for the mural. When he is finished, I will ask for your opinions."

Jefferson's hands started to sweat as he pulled up an image. "I hope you like it."

The auditorium got quiet as everyone took in Jefferson's design. There was a lot to look at—superheroes, a zoo, snakes, flowers, a roller coaster—practically everything that had been mentioned to Jefferson in the last week.

Finally, a kindergartener squealed, "The puppy I wanted is so cute!"

Jefferson sighed with relief. She liked it!

"But Sparkles really should be pink."

Jefferson's smile faded. He glanced at Principal Cooler, who was standing to the side. "Interesting," she said. Then she smoothed her skirt and faced the audience. "So? Raise your hand if you have feedback for Jefferson."

Dozens of hands shot up. One student suggested that Jefferson use different superheroes, another thought that he should add a motorcycle, and another wanted him to change all

the colors to black and white. Jefferson bit his lip and scribbled down all their ideas.

"Not to worry," Principal Cooler said. "Jefferson has another week to come up with a revision. Assembly dismissed!"

After school, Jefferson went outside to look at the wall again, hoping to be inspired. He nodded a hello to Mr. Summers, who was mowing perfectly cut lines up and down the lawn. Jefferson turned to stare at his canvas. Only two stories of white wall. Yet he had enough ideas from everyone for a four-story wall! How was he going to design something that would work?

Ugh. He was just a kid. He wasn't a real artist!

Then it hit him. Of course!

He was just a kid, and all he'd been doing was listening to other kids. The teachers were the ones who made the rules at Flint Hill. He should find out what they would want, and then he couldn't go wrong.

The following week, everyone was gathered in the auditorium again. Jefferson knew this design would go off without a hitch. After Principal Cooler got everyone's attention, Jefferson brought up an image on the screen. There it was, Flint Hill—everything the teachers thought would represent the school best, suggested by the rule-makers themselves. Jefferson beamed. Mr. Averett, the librarian, had asked for books. Ms. Mislavsky thought drama masks would be nice. Mrs. Mouritsen wanted a falcon, the school mascot. Jefferson even put in the cup of coffee Miss Baar said she really needed the other day.

"Oh my," Principal Cooler said, studying the screen. "I see you've also included an image of a bigger paycheck for Mr. Lu. Interesting. Um … anyone have feedback for Jefferson?"

Hundreds of hands shot up.

Principal Cooler picked a girl in the front row.

"Where's Sparkles?" she said.

"Yeah, what happened to everything *we* wanted?" said another student.

Many of the students were upset that everything they had asked for was gone. But the kicker was when Mr. Averett said he wanted the books on the mural to be arranged by the Dewey Decimal System, *not* alphabetically.

Jefferson's stomach sank. When he looked at his design again, he didn't see anything that had made him confident anymore. It was a disaster. The mural was not cool. How could he ever think a bunch of teachers' ideas could be great to begin with? What was he thinking?

But Principal Cooler remained as calm as ever. "Everyone, we put Jefferson on the job because he is a true artist, right? And Flint Hill is not just any school. We are a proud school. We see the possibilities in everyone, and we see it with Jefferson, just like we did with the plastics inventor who went here fifty years ago. Let's give Jefferson the boost he needs." Principal Cooler did more polite clapping.

"I'm a believer!" Darren called from the audience. "Jefferson! Jefferson! Jefferson!"

Before long, the whole school was chanting. But this time, Jefferson wondered if they meant it, or if they just loved being able to shout in school without getting into trouble.

After the assembly was over, Jefferson strode out to the lawn again.

There was Mr. Summers, like an old friend, mowing that lawn and making the school look terrible in comparison. Jefferson groaned. Maybe it was Mr. Summers's fault that Jefferson was stuck in this mess!

Jefferson looked at the wall, lay down in the grass, and closed his eyes. His head was swimming with the ideas everyone had given him. From superheroes to poodles to library books, he'd drawn it all. There was nothing left to draw anymore. He closed his eyes, his thoughts spinning.

"Hey, boy," someone said.

Jefferson opened his eyes. He had no idea how long he'd been lying there.

Mr. Summers was standing over him. "I haven't mowed this spot yet."

Jefferson got to his feet. "Sorry about that."

Mr. Summers took off his cap and wiped the sweat from his brow. "You're the kid who's going to paint that wall, aren't you?"

"Supposed to."

"Good. It's making my lawn look bad. Make it perfect."

"If I only knew how. No one likes my ideas for it."

Mr. Summers scratched his head. "I'm confused." He pointed at the wall with his cap. "That wall is blank. Don't you have to paint something first? Where's *your* idea?"

Jefferson started to explain, but as he stared at the blank wall, something occurred to him. He hadn't painted anything. He'd been so busy listening to everyone else's ideas. Where was *his*?

Mr. Summers marched back to his mower. "Paint the wall, boy," he called back. "Then ask what everyone thinks. Now I've got a lawn to cut."

As Mr. Summers started the mower, Jefferson glanced at the endless slope of perfectly cut grass that the groundskeeper had already finished.

Paint the wall.

Mr. Summers was right.

Jefferson smiled and pulled out his notepad.

The next day, Jefferson told Principal Cooler what he wanted to do. She got him everything he needed: the paint, brushes, and a helper—Mr. Summers. To paint the wall, Jefferson wore a harness and worked on a platform supported by four large ropes hanging from the roof. Mr. Summers would move Jefferson around the wall by using the ropes. Every day after school until the anniversary neared, Jefferson worked on his painting.

For the next two weeks, the only thing anyone talked about was Jefferson's mural. Everyone had guesses, but no one knew what it was because Jefferson had been carefully covering each completed section to protect it from the elements while it dried.

When the big day finally arrived, Flint Hill's fiftieth anniversary celebration was huge. Practically everyone from the town was there for the grand unveiling of the mural, including the mayor. They *had* to know what was on that wall!

Principal Cooler made a speech about fifty years of pride … accomplishment … achievement. Jefferson stood between the principal and the mayor. But being right next to the mayor didn't even faze Jefferson. All his thoughts were centered on the grand unveiling.

Finally, Principal Cooler said, "And now, Mr. Mayor, Flint Hill presents a mural that represents who we are as a school and the community we live in, designed and executed by one of our very own students. Jefferson Johnson, will you do us the honor?"

Jefferson walked to the side of the wall. He took in a deep breath and tugged on a rope that Mr. Summers had rigged for him. The cloth dropped.

One by one, everyone's eyes got big; jaws dropped.

The mural was beautiful. Awesome. *Cool.* Boys and girls alike started yelling and clapping. Principal Cooler beamed like Jefferson was actually *her* son, and not the son of Jefferson's real parents, who were standing in the front row, cheering their heads off.

Jefferson couldn't have felt more proud. He was an artist—a real artist with *vision.*

After the ceremony ended, Darren slapped Jefferson on the back. "So how did you know what to do, man?"

Jefferson shrugged. "The usual. I paint what I see."

Jefferson and Darren stared at the mural together.

Jefferson had painted a continuation of a perfectly cut, expansive green lawn that met a gorgeous horizon in the distance. The sky in the mural matched the real one behind it. At the top, Jefferson had written, "Flint Hill: See Your Possibilities."

Flint Hill looked like it just might be brand new and, like Mr. Summers's lawn, it was absolutely perfect too.

2

Smash Mouth Taffy

"But I really need the G-Force 5000," Sebastian said to his family over dinner. Practically every boy in school got the latest gaming system over the holidays, except him.

"I don't think that's a good idea, Sebastian." His mother scooped a helping of rice onto her plate. "We'd like to see you doing something more worthwhile with your time."

"Maybe you could take up something like soccer," his father said. "Like Jason."

Jason's freckled face lit up. "You can be on my team. Yay!"

Sebastian looked across the table at his Great-Aunt Martha, who always came for dinner on Wednesdays. "What do *you* think, Aunt Martha?" He made a pleading face at her, hoping she could help solve his problem.

Aunt Martha set down her fork. "I think Sebastian should earn the money to buy this system. Perhaps if he put his efforts toward doing useful things to earn it, he would deserve the benefits of having this G-Force Fifty thing."

Sebastian's parents glanced at each other. "Earn the money …" his mother said. "Sebastian could wash dishes, babysit—I love this idea."

"The lawn does need weeding," his father added. "The garage could use a cleanout. By the time Sebastian makes enough to buy the G-Force, our boy will be a changed man. He should be able to have what he wants if he shows us that he can be helpful too."

Smiling, Aunt Martha began to butter a roll. "I'm glad we could think of something."

Sebastian frowned. Babysitting, cleaning out garages? *Thanks a lot, Aunt Martha.* He'd rather eat pickles dipped in bug guts before he'd do all that. He pushed back from the table. "I'd like to be excused."

He went to his bedroom to sulk about how unreasonable the idea was. He tossed himself onto his bed. All he wanted was a simple gaming system—something everybody else's parents had no trouble getting. But no, he had to be stuck with a family who wanted him to be "helpful."

Someone knocked.

"Come in," Sebastian muttered.

Sebastian's door opened and Aunt Martha stepped in. Her old-lady handbag hung off her arm. "Did I say something wrong at the table, Sebastian?"

Sebastian sighed. "No, I'll be fine."

Aunt Martha sat on the edge of his bed. "I was only trying to be helpful."

"I know."

She opened her purse, reached inside, and pulled out a piece of taffy.

Aunt Martha always had a load of taffy in her purse. Ever since Sebastian was little, she'd been doling them out.

"This might not solve your problems," Aunt Martha said, "but my taffy will do you—"

"A world of good," Sebastian finished.

That's what she called the candies. The paper around the candy said as much, lettered in Aunt Martha's shaky handwriting. Sebastian undid the wrapper and popped the candy into his mouth. It melted easily with sweet yumminess. Instantly, he felt better.

"What's in these things?" Sebastian said.

"You know I can't tell you that, Sebastian. Your Great-Grandpa Nelson said the family recipe stays with me." She patted her purse. "This candy has been doing good for us for more than one hundred years."

"That long?"

"Indeed." Aunt Martha stood up. "Take a few for the road; it seems like you're going to need them." She handed Sebastian a plastic bag full of candy and left the room.

Sebastian stared at the bag. Then he closed his eyes and wished it were a G-Force 5000 instead.

The next day, all Sebastian's buddies at school could talk about were the cool games they'd been playing on the G-Force. They talked about them on the bus, during lunch, at recess, and on the ride home. If Sebastian didn't get one soon, he'd be friendless by semester's end when his pals had figured out he was still stuck with his old system, playing a decade-old version of ping-pong. How was he going to get a G-Force and get it *fast?*

When Sebastian got home, he plunked down on his bed and grabbed a piece of taffy off his nightstand. He contemplated washing dishes for his mother. *Ugh! No way.*

"Sebastian?" Jason was standing in his doorway, dressed in his full soccer get-up. He was holding a box of chocolate bars. "Mom's taking me to the grocery store so I can sell these to passing customers. Wanna help?"

Sebastian unwrapped the piece of taffy. "Are you going to pay me?" He popped it in his mouth. *Man, these are good.*

"No, Sebastian. I'm supposed to take money, not give it away. Coach Newbury says if I sell this whole box, I'll have enough for my next tournament."

Sebastian grumbled. *I bet Dad and Mom love that Jason is earning his way toward soccer success by selling candy. How helpful.*

Wait a second.

Sebastian stared at the candy wrapper in his hand. "Jason, you're awesome."

Jason brightened. "You're going to help?"

"Nope." Sebastian got up and nudged his brother out of his room. "Good luck with that."

The very next day, Sebastian thought he'd try out his new idea on the school bus. As his friends went on about the hottest G-Force game they were playing, Sebastian slowly pulled out a piece of taffy. He unwrapped it and waved a hand over the candy so the scent of taffy goodness filled the air.

"What's that?" his friend Lincoln asked.

"Oh, nothing." Sebastian put the candy in his mouth. Then he closed his eyes and sighed with satisfaction as he chewed.

"Hey, man," Maddox said. "Share."

"Yeah," added Neal.

Sebastian held up a finger as he chewed some more and swallowed. "Can't." He pulled the bag of taffy out of his back-pack. "I've only got this many. Spent my whole allowance on them. But if you've got a quarter, I'll give you one."

Within seconds, Sebastian had three quarters in his hand. That's when Sebastian knew: he was onto something.

The following Wednesday, Sebastian executed the next step in his plan. Over dinner, when Aunt Martha was busy talking to his mother about the latest in hairpin technology, he snuck a hand in Aunt Martha's purse and rummaged through it. His fingers closed around a tiny notebook. *Bingo.*

Sebastian set up shop in his tree house the next afternoon. He went over Grandpa Nelson's secret recipe, which was actually quite simple.

Butter, sugar, cornstarch, and vanilla.

By his rough calculations, he could make at least one batch per night, and he could unload them all on the school bus within a couple of days. He'd have a G-Force in just a few weeks, if things went well. He got out the Bunsen burner that he had swiped from the science lab, his mother's giant lobster pot, the necessary ingredients, and waxed paper from the kitchen. He went to work.

On the bus the next day, Sebastian's candy sold out before he made it to school. Even the bus driver, Mr. Steve, bought a piece. As Sebastian was about to get off, Mr. Steve stopped him. "What do you call this wonderful candy, son?"

"Aunt Martha's—I mean, er ... uh ... Smash Mouth Taffy!" *Sebastian, you're brilliant.* He smiled.

"Great name. Tomorrow, I'll take a whole bag."

A whole bag?

That's when Sebastian knew he could not do this alone.

At first, Jason was not the most enthusiastic assistant when Sebastian dragged him to the tree house and asked for his help. "Why should I help?" he said. "You wouldn't even sell my chocolate bars with me the other day."

But after Sebastian told Jason he could keep a dime for every dollar Sebastian made, Jason became the leanest, meanest taffy-wrapping machine anyone could find this side of the northern hemisphere. All weekend long, Sebastian and Jason made hundreds of pieces of taffy and stuffed them into baggies that they had nabbed from the kitchen. Now Sebastian could sell the candy in bulk.

No one was the wiser. Sure, Sebastian's parents noticed that Sebastian had been spending an awful lot of time with Jason in the tree house, but they didn't bother to see what was going on. "Honey," Sebastian's dad said to his mother, "for once, our boy is playing outside with his brother and not obsessing about video games. I'd call that good."

When Monday came, Sebastian crammed his backpack full of candy. When he came down to breakfast, his mother handed him some money. "Buy your lunch today, sweetie. We're out of sandwich bags."

Jason was sitting at the kitchen table. Sebastian and Jason exchanged looks.

"I'll pick some up after I get Jason from soccer practice," his mother continued.

Sebastian let out a breath. Mom didn't have a clue.

That morning, Sebastian sold out of Smash Mouth Taffy before the bus made it to school again, and this time he took in a couple of bucks for every bag. When Sebastian and Jason counted up the money in the tree house that afternoon, they realized Sebastian was already a quarter of the way to getting a G-Force, and it wouldn't be long before Jason owned a new pair of soccer cleats.

For fun, they lay in the pile of spare change and dirty dollar bills.

"Boss," Jason said, "we need to make more money." He grabbed a bunch of quarters and let them trickle to the floor. "Lots of it."

Sebastian was thinking the same thing. Smash Mouth Taffy wasn't just a world of good anymore. It was a world of cold, hard cash. He knew that the only way to make more money was to get more hands on deck; he needed a full-blown operation. "I know exactly how we'll do it."

The following day, Sebastian called a meeting after school at the tree house with Jason and his three closest buds. He paced the floor as he filled everyone in on his plan. "Men, Smash Mouth Taffy isn't just a piece of candy; it's a way of life."

Maddox, Neal, Lincoln, and Jason all nodded.

"Forget Bus #54—we're going after the entire school," Sebastian ordered. "We're going to need more waxed paper. More Bunsen burners. More bags. More butter. More everything! We have to be careful; we don't want our parents to notice that things are missing. But … do what you got to do. Swipe whatever you can get away with. I want everyone here at 4 p.m. sharp tomorrow."

That very evening, extra baggies, sugar, and sticks of butter disappeared from kitchens. The boys toiled away in the afternoons, making candy.

Smash Mouth Taffy soon caught on like wildfire in the halls at school. Hardly a single kid could resist all that sugary goodness. By the end of the week, Sebastian had earned more than enough to get the G-Force, but he couldn't stop now.

Not when the world needed Smash Mouth Taffy.

It wasn't long before Sebastian's team had to take more extreme measures when supplies ran out. "Men, we need more capital," Sebastian said. "Get it!"

Soon, sibling piggy banks were raided to buy supplies. Then twenty-dollar bills disappeared from parents' wallets and purses. By the third week, it seemed to Sebastian that he wouldn't even need to stay in school if they kept making money at this rate. He was rich. Filthy stinking rich!

That is, until … a scream broke out in the school cafeteria. "Justin Tenuta has cooties!"

Not far away, Sebastian looked up from the candy deal he was making with a second grader.

"Cooties?" a girl said from another table. "That is so third grade. That's not cooties. That's *hives.*"

"Hives?" Justin said. "I'm so itchy."

"Ohmigoodness." The girl began to scratch at her arm. "I've got them too. Did you give me cooties, Justin?"

"I thought you said I had hives."

"You can't have hives if you gave them to me just by sitting near you." The girl started turning pink. "Holy cow! You DO have cooties."

"Cooties!" someone else said dramatically. "Agh!"

Pandemonium broke out in the cafeteria. "It's a cooties outbreak!"

Everyone jumped up from the tables to get away.

"Don't touch me!"

"I think I've got them too!"

"Stop breathing on me!"

That day, approximately twenty-seven afflicted students were sent to the nurse's office, but it only took one Nurse Cratchet to identify the source of the epidemic.

She found a Smash Mouth wrapper in the pockets of nearly every single hive-infested student. "Where did you get this candy from?" she asked.

Everyone said, "Sebastian!"

In the principal's office, Sebastian had a lot of explaining to do, but he didn't even know where to begin.

No, he had no idea why the candy had given some of his customers hives.

Yes, he knew that stealing money was a bad idea.

No, he didn't know that his crew had swiped every Bunsen burner in the science lab and that the school had thought they had a real, bona fide break-in.

And no, he did not realize that more than a hundred people were upset with him, including his parents, everyone who broke out in hives, their parents, his friends' parents who had been stolen from, the siblings whose piggy banks were emptied, and even his three buddies who blamed Sebastian for the whole thing because they were in trouble too.

To make matters worse, when Sebastian got home, Aunt Martha nearly fainted at the dinner table when she realized that the recipe had been stolen. "Oh, Sebastian, how could you?"

As they ate, Sebastian's parents lectured him about integrity, honesty, and every other moral value they could think of.

Sebastian could hardly listen. He only stared at Jason, who sat there innocently across from him as though nothing bad had taken place.

Then Sebastian realized that the only person who wasn't mad at him was his little brother.

Wait a second.

"It's Jason's fault!" Sebastian blurted, interrupting his parents.

Jason's face reddened. Suddenly, he burst into tears. "I didn't mean to, Boss. We ran out of vanilla, so I used Mom's almond extract instead."

"Goodness." Aunt Martha shuddered. "Grandpa Nelson's taffy is supposed to be nut-free."

"You enlisted your brother in this?" his mother said, horrified.

Sebastian's father was livid. "The school is a nut-free zone. You could have killed someone. You are grounded, mister, and you will not be getting any G-Force thingy EVER."

When Sebastian went to his room, he felt like he'd just eaten sweaty tube socks for dinner—awful.

A few moments later, someone knocked.

Sebastian sighed from his bed, hoping it wasn't his dad, ready to tear into him again. "Come in," Sebastian mumbled.

Aunt Martha stepped in, purse on her arm. "Sebastian, I just wanted to say good-bye for the night."

Sebastian sighed. He felt super guilty for stealing Aunt Martha's recipe. He opened the drawer to his nightstand, pulled out her notebook, and handed it back to her. "I'm sorry."

Aunt Martha patted Sebastian's hand as she took the notebook from him. "I know you are." She put the notebook in her purse. "I'm sure you didn't mean for this to happen."

Sebastian frowned. "Definitely not."

"You'll make this right, Sebastian."

"How?"

Aunt Martha reached into her purse and pulled out a handful of taffy.

"Take it." She placed the taffy in his palm. "This is all Grandpa Nelson ever wanted. Maybe it's something you will want too."

With that, Aunt Martha left.

Sebastian stared at the candy. While the taffy would taste great at the moment, he had a feeling Aunt Martha hadn't given it to him to make him feel better. This time was different. He read the shaky handwriting on the wrapper, and his hand felt heavy from the weight of the taffy.

A World of Good.

Sebastian swallowed.

He knew what he had to do.

The next day, Sebastian returned all the Bunsen burners and gave all the money they had made from the taffy to the people who had been stolen from, and then some. Smash Mouth operations officially closed, and Sebastian recorded zero profits.

Things slowly returned to normal, more or less. Sebastian's friends eventually got over the fact that they had gotten into trouble too, and they began to credit Sebastian for helping them rise to elementary school infamy for being a part of the scandal. Talk about Smash Mouth and the big cooties outbreak began to fade, and his friends started discussing the latest video games to hit the market.

Sebastian saw the world differently, though. After Smash Mouth, the talk about video games suddenly didn't have the same kind of appeal anymore.

Maybe he was ready to make things right—not just for other people, but also for himself.

When Sebastian got home, he went to the kitchen.

A bunch of dirty dishes were stacked in the sink.

He pushed up his sleeves and got to work.

And just like Aunt Martha's taffy, washing dishes felt good—a world of good, now that he was a part of it.

3

Handle with Care

Monday, Genevieve's homeroom teacher Miss Skeen held up an egg at the front of the classroom. "Class, this is our project for the week."

Genevieve's eyes widened. She smiled. She knew what this project was about. "I can't wait!" she chimed in. She dreamed of becoming a veterinarian, and now she was going to hatch a real chick.

"Let's fry it up," Josh said from across the aisle.

Genevieve frowned. Josh always made a joke of everything. This was an innocent life in the teacher's hands—not breakfast.

"Not today," Miss Skeen said. "You will each take care of an egg for seven days."

Juliet, Genevieve's best friend, groaned from the next row. "A whole week. That's, like, forever." But to Genevieve, it wasn't long enough. Surely it would take more than that to incubate an egg.

Miss Skeen held up a large carton. "I got these at the grocery store, and I've carefully inspected each egg—"

"The grocery store?" said Theo from the back. He always questioned everything and knew practically everything. "Miss Skeen, store-bought eggs are sterile. A live chicken is not coming out of that."

"You're right, Theo." Miss Skeen returned the egg to the carton. "The point of this project is to learn a few things about life, not the life cycle."

"The eggs won't hatch?" Genevieve said, disappointed.

"No hatching," Miss Skeen confirmed. "Instead, I want you to learn what it's like to care for something—or 'someone' in this case—and what better way is there than using an egg that is fragile and helpless? Treat your eggs as if they are your children. Give them names, take them wherever you go, and record your experiences. If, for any reason, you can't take care of the egg, you may have someone else egg-sit, like parents do when they can't be with their kids."

She began to hand out the eggs. "No matter what, you are responsible for the egg. Your eggs are specially marked with my stamp and will be inspected in class every day. If the eggs are scratched, nicked, or punctured in any way, I will deduct points from your final score. If the egg is broken or mysteriously replaced, you will receive no credit."

Genevieve jotted down everything Miss Skeen said. Though she was bummed that she wouldn't be hatching a live chick, she still liked the project. If she was going to be a vet, she would take good care of her egg in need. This would be a test—one she was determined to pass. When Miss Skeen gave Genevieve her egg, she held it gently in her hands and named it Chloe.

Everyone made baskets for their eggs out of cardstock, pipe cleaners, and cotton balls. Genevieve built her carrier extra strong, reinforcing the sides and sticking in twice the amount of cotton balls for padding. She labeled the carrier *Chloe* and colored the cotton balls pink.

Josh pretended to gag at Genevieve's basket. "You are taking this way too seriously."

Genevieve rolled her eyes just as homeroom was dismissed. She proudly carried Chloe everywhere—to her classes, the water fountain, and the cafeteria. As she sat next to Juliet at lunch, an egg went flying past her head.

Josh and his buddy Calvin were playing a game of toss over Genevieve's table.

Genevieve and Juliet looked on in horror.

"Are they crazy?" Juliet said.

Calvin missed Josh's egg, and "Hulk" dropped to the floor. Splat! "Oops!"

But instead of getting mad at Calvin, Josh only shrugged. "Guess that's a zero for me." Calvin and Josh laughed.

"Boys," Juliet said. "I'd never let them babysit my egg." She patted her egg. "You'll be safe, Leona," she cooed.

Genevieve agreed with Juliet as she scooted Chloe closer to herself. "Yeah, one of those boys egg-sitting would be a disaster."

As the week wore on, more eggs succumbed to carelessness and mishandling. Dan's egg fell out of his bike basket when he went over a bump. Aaron's egg was eaten by his dog, Shark. Even Claire's egg got cracked when she took it to the mall.

By Friday, only half the eggs were still okay, including Genevieve's egg, Chloe. "Last night," Juliet said at lunch, "my brother tried to play tennis with Leona. This project is driving me nuts. Leona will never survive my horseback riding lessons this weekend!"

Genevieve felt bad for Juliet. Taking care of her own egg hadn't been all that hard for her. "Maybe … I could take care of Leona for you," Genevieve offered.

Juliet brightened. "Really? You're the only one I can trust. You're so good with Chloe!" She gave Genevieve a hug. "I'll pay you with chocolate, I promise."

"No need. Just drop her off at my house tonight."

Suddenly, Genevieve's whole table was swarming with classmates. "Did I hear that you're going to babysit Juliet's egg for free?" Ethan said. "Take Tiger for me." He thrust the egg in her face. "I'm going to ride a roller coaster tomorrow, and there's no way he'll survive that. I couldn't trust him with anyone but you."

Genevieve looked at poor, innocent Tiger with a bandage on his head. She couldn't say no. "Okay, bring him to my house tonight by seven."

"Deal!"

By the end of lunch, Genevieve became the official egg-sitter for almost everyone in the class who still had an intact egg. Genevieve didn't mind. She cared about those eggs; they would be her little patients. She knew she could do it, and it would be a win-win for everyone.

When Genevieve went to science class, Theo stopped by her lab table.

"Drop off your egg by 7 p.m.," Genevieve whispered as she studied an amoeba through a microscope.

"Actually," Theo said, resting his egg carrier beside Chloe's, "don't you think you're making a mistake egg-sitting for everyone?"

Genevieve looked up. "What do you mean?"

"You're going to take care of all of those eggs, including your own, for three days? Shouldn't you focus on Chloe? You're getting taken advantage of."

Genevieve went back to her microscope. "Technically, Theo, it's only two and a half days. Monday morning, everyone will get the eggs back. And I'm perfectly capable of taking care of more than one egg." Then she eyed Theo suspiciously. "And why do you care anyway?"

"Just thought I'd point out the obvious," Theo replied. "Well, if you're going to keep the eggs, maybe I can help."

"You? Help?" Genevieve said. Why would Theo want to do that? Then something occurred to her. "How come you aren't giving your egg to me?"

"Why should I?" Theo said. "I've been spending the whole week trying to figure out how to hatch my egg into a chick."

Genevieve was confused. "But you said the eggs were sterile. Why would you try to do that?"

"Because ... " Theo glanced away, his face turning red. "... because I want to be a scientist," he blurted.

"Scientist?" *Theo doesn't need to be embarrassed about something like that,* Genevieve thought. "I see."

"Never mind then." Theo picked up his egg. "Clearly, you have this covered. Forget I asked." He walked back to his table.

Genevieve peeked over at Chloe. "We don't need Theo's help, do we?"

That evening, fourteen eggs arrived at her doorstep to receive proper care from Dr. Genevieve. She built a special carrier for them out of a milk crate and egg cartons, careful to label and note the condition of each egg upon arrival. All weekend long, she got the eggs plenty of exercise and fresh air by taking them to the park in a stroller. She talked to them for company and sang them songs to keep them entertained. She even read them bedtime stories before lights out.

When Genevieve walked into homeroom on Monday, she felt like a hero. She carefully placed the crate of eggs on her desk and set Chloe down beside it. Her classmates gathered around and tried to retrieve their eggs, but Genevieve waved their hands away. "It's the last inspection! Don't touch them. You don't want something to happen now, do you?"

Juliet withdrew her hand like she'd touched a hot stove. "Good point."

"Genevieve," Miss Skeen said from the front of the room, "why don't you walk everyone's eggs up so I can check them?"

"No problem," Genevieve said proudly. She firmly gripped the handles of the crate and headed toward her teacher, knowing that because of her excellent care, these eggs would make it to the end of the project. As Genevieve walked up the aisle, she was wondering if she would get extra credit for doing such a great job when, suddenly, she tripped on something and the crate went flying.

Oh no!

The eggs flew through the air.

Genevieve caught herself on Theo's desk. The eggs!

Crack! Crack! Splat! Splat! Splat!

Everyone gasped.

Miss Skeen was a goopy, eggy mess! "Goodness gracious!" Genevieve could hardly look.

Miss Skeen was covered in egg yolk and runny whites. Genevieve turned to see what had tripped her. There was nothing in the aisle, but Josh was at his desk with his hands folded in front of him. He looked like a cat that had just swallowed a mouse.

He had tripped her. She just knew it! "JOSH!"

Josh's face looked surprised. "What?"

Apparently no one had seen Josh trip her.

"Genevieve, you tripped on purpose, didn't you?" Ethan said. "I knew I shouldn't have trusted Tiger to a girl!"

Juliet came to Genevieve's defense. "That's crazy. She'd never do that on purpose."

"Yes, she would," Calvin joined in. "Why do you think she took care of our eggs for free? She had this planned all along."

"Class!" Miss Skeen tried to get everyone's attention, but no one listened.

"I didn't plan this!" Genevieve retorted.

But everyone ignored her. "You're right, Calvin." Josh got up and pointed at Chloe. "Look whose egg is still perfect. Genevieve's egg!"

"Class!" Miss Skeen called again, but everyone ignored her. They were all too busy watching five boys rush Chloe.

No! Genevieve couldn't stop them. In seconds, Chloe was in midair, dangling from Ethan's fingertips. "Now *you* can see what it feels like."

"Ethan, don't you dare!" Miss Skeen warned.

But he did. *"Sayonara!"* Chloe dropped from his fingers.

Genevieve squeezed her eyes shut.

Ping!

Ping? She opened her eyes. Chloe was bouncing off the floor, like a plastic ping-pong ball would.

Ping! The egg bounced again before coming to rest in front of Calvin's feet.

The whole class gasped again.

"That's not an egg!" Josh said.

Calvin grabbed it from the floor. "It's plastic! You're a CHEATER!"

Genevieve was stunned.

Theo shook his head. "I told you not to trust them."

"CLASS, THAT'S ENOUGH!" Miss Skeen was shouting now. She shook a runny finger at them. "No one say a word!"

Everyone got quiet.

Miss Skeen straightened and attempted to smooth her goopy hair. "Genevieve, Josh, Ethan, Theo " She then rattled off the names of the other boys who had all tried to get Genevieve's egg. "Everyone, to the principal's office!"

When they arrived, Principal Cooler whirled around in her chair to stare at everyone. "What's this I hear about an egg fight breaking out in the classroom?"

Immediately, Josh explained his conspiracy theory about Genevieve, blaming her for the entire egg disaster and calling her a cheater. As Josh talked, Genevieve sat quietly, afraid to speak. She'd never been in trouble like this before; she could hardly think! What had happened to Chloe? Why did Josh have to trip her? How could people be so mean, despite everything she had done to help them?

"Is that so, Josh?" the principal finally said after listening to the boy's tale. "Seems to me that I've seen you and some of you other boys about a dozen times, but Genevieve has never gotten into trouble. Am I right?"

Genevieve nodded.

The principal turned her attention to Theo. "And what is your part in this, Theo? You're usually on my honor roll, not in my office."

"I swapped Genevieve's egg for a plastic one."

Genevieve's jaw dropped. Theo took Chloe?

"And where is her egg?"

"It's safe in my backpack in homeroom. I was going to return it to her before inspection, but I never got the chance."

The principal scratched something down on a notepad. "Now why would you do such a thing, Theo?"

Genevieve turned to glare at Theo. *Yeah, why?*

Theo shrugged, looking just as awkward as he had in science lab. "No reason, really."

Genevieve sighed. Maybe Theo had gone off the deep end.

The principal set down her pen, frowning. "Theo, seeing that this is your first offense, and that there is no rule against the swapping of dairy products, you will return the egg to Genevieve immediately, and you'll receive a written warning. And Josh, it appears you are wrong about Genevieve. I suspect she also didn't fall on purpose, either."

Josh swallowed. After the principal gave the other boys detention, they were dismissed. Theo tried to follow Genevieve down the hall. "Let me explain." But Genevieve didn't want explanations. She sped up. She wanted to get away from everyone, especially Theo. The egg project was supposed to be fun and meaningful. But at that moment, she couldn't care less!

That evening, Genevieve sat in her room, trying to do homework, but she kept staring at Chloe's empty basket. She missed having an egg with her, even though no one else seemed to care. It was all a joke to them. Genevieve then wondered if something was wrong with her. Why did she have to care so much? Maybe it shouldn't matter to her either.

The doorbell rang. Genevieve pushed back from her desk. "I'll get it!" When she opened the front door, Theo was standing there. His bike was resting against her front porch.

He held up an egg in a new box filled with straw. "Please, will you just take Chloe?"

Genevieve crossed her arms. "Why should I? The project is over."

He held the box up to her face.

"Chloe needs you."

Genevieve stared at her egg, and she felt something twinge in her heart. It was good to see Chloe again. But she still couldn't ignore the fact that the whole egg ordeal bothered her. "Cut it out, Theo. It's just an egg, like everyone says."

"It's not just an egg," Theo said.

"Oh, yeah? Then tell me why you took it."

Theo looked away. His voice was barely audible. "Because I care."

"What?" Genevieve said.

"Because I care, all right?" he said more firmly. "Just take it, will you? You'll understand." He shoved the box into her hands. "Keep her warm. If you've got a desk lamp with a high wattage bulb, that'll work."

Genevieve was confused. "Okay," she mumbled. Maybe Theo really had gone off the deep end.

Theo grabbed the handlebars of his bike and turned to leave. "Bye."

"Bye."

Genevieve took the egg inside and carried Chloe to her room. She turned on her desk lamp. Under the glow of the light, Genevieve noticed that her egg had a hairline crack running along its side. Was the egg moving?

A note was resting in the straw. She unfolded it.

I'm the scientist. You're the vet. Now see what you can do with this.

Genevieve peered at the egg again. "Chloe?"

The egg moved.

That night, Genevieve watched baby Chloe break her way out of her shell. As she looked at something so tiny and innocent emerge from its protective home, what the other kids thought didn't seem to matter anymore.

She looked at the baby chick, peeping with new life.

Maybe she and Theo weren't that different after all.

She cared.

That's all that mattered.

4

The Monster

"Time to wake up!" Talmage's father called from the hall. "We have an appointment with the Monster."

Talmage stretched in his bedroom and squinted at the clock. It was six in the morning and the first Saturday of the summer. It was time to go fishing for the Monster, something he'd been doing with his dad every summer for as long as he could remember.

His door opened. Dad tossed a snack bar onto his bed. "Breakfast. Let's go."

After Talmage got dressed, he headed out back, where Wallamaloo Lake awaited them.

Dad was on the dock, loading the old motorboat. "Conditions are perfect. Today is the day—"

"I can just feel it," Talmage finished. He smiled. His dad always said that.

Suddenly, Dad's face turned serious. "Today is the day, Talmage." He brought his special fishing rod onboard; it was the deep-sea fishing kind, especially meant for the Monster. "Twenty years ago, I swore I'd get him, and I will." He gave the barrel of the rod a pat.

Talmage took his place on the rear bench. "You think we're finally going to catch him?" He surveyed the dark, murky water around him.

"I have to." Dad pushed the boat away from the dock.

Talmage had never seen his father look more determined to catch the mysterious fish. Legend had it that the Monster was big enough to eat a dog. It could jump fifty feet out of the water and overturn a boat. The stories were so embedded in everyone's mind that no kid dared to swim in the lake without saying a prayer before jumping in.

None of the stories bothered Talmage or his father. "He's a beast, all right," Talmage's dad had once said. "But he's no killer. When I had him on the line, I stared him right in the eye, and all I saw was fear."

According to his father, that fish had bent his pole like a paper clip and nearly yanked him out of the boat before the line broke. All around town, people knew of the story. To believers, his father was sorta famous for being the only person to see and hook the Monster.

"We'll get him, Dad," Talmage said with equal determination. But deep inside, catching the Monster didn't matter much to Talmage; he just loved their fishing trips. There was something special about being on the lake with his father before most of the town woke up. Talmage could eat all the junk food he wanted, listen to good music on their old radio, and just sit without a care in the world. Dad did most of the real work when it came to the fishing part.

Dad started the motor and switched on the radio. The oldies station was playing the Beatles. "Perfect." Dad grinned. "Talmage, the weather is hot. The Monster loves his water warm. We couldn't have asked for better conditions."

They motored out to the spot where the Wallamaloo River dumped into the lake. "He likes the action of the water," Dad explained. "Keeps the food marching right into his big mouth."

Once Dad cut off the motor, he got his line ready. Already there were a few boats out, trolling for their own catch of the day. Talmage recognized Leonard and his son Paolo's fancy motorboat several hundred yards away. Dad tipped his fishing hat in Leonard's direction. Leonard tipped his hat in return.

"That Leonard is going to eat my bait," Dad said under his breath, "when the Monster is on my dinner plate tonight."

Talmage held back a laugh. Dad always called his old high school classmate "that Leonard," even though everyone else called him Leo. Leonard was known for being the best sport-fisherman around. Last year he and his son caught the biggest muskie that the state had ever seen. But to Talmage's father, the fifty-eight-pound fish they hooked still wasn't the Monster.

All day, Dad cast and recast his line, but as the hours went by, the fun day Talmage had hoped they would have wasn't so fun after all. Dad had hardly said a word. It was like he had pinned all his hopes on catching the fish that very morning. To make matters worse, they didn't get a nibble from anything at all, which was unusual. Talmage wiped the sweat from his brow. Maybe it was too warm to fish. He glanced at his watch. It was past noon; usually they quit for lunch and waited until dusk to head out again. Some of the other boats were already heading back, including Leonard's.

"Bryan!" Leonard called to Talmage's father as they coasted by with the engine rumbling. "Just a tip—it's the radio. You're chasing away the Monster with that music."

"You fish your way," Dad called, "and I'll fish mine."

Just then, something tugged on Dad's line, *hard.* Dad held it fast and started reeling. "See?" he said to Leonard. His pole jerked again. "I've got a big one! Help me, Talmage."

Talmage stood up. "What should I do?"

The pole jerked forward once more.

Leonard stopped his boat. "You need me, Bryan?"

"We've got this." Dad reeled the line as quickly as he could. "Just hold onto my waist, Talmage." He bent the pole back to get some power over the fish. "He feels huge, bigger than I remember."

Talmage grabbed onto his father and planted his feet in the decking.

"He's putting up a good fight!" Dad bent the pole back again.

Sure enough, whatever Dad had was rising to the surface. It was big—a dark gray mass about three feet wide coming toward the boat. Talmage's eyes widened. What was that?

Dad tugged and reeled, tugged and reeled.

Talmage dug in with his heels.

"On one, two, three—PULL!"

Talmage pulled on his dad as hard as he could.

He lost his footing and his father landed on him. Something big came out of the water. *The Monster,* Talmage thought.

Bang! A giant tire hit the side of the boat before sinking under with a splash.

Talmage heard peals of laughter from Leonard's boat. His face flushed red.

His father scrambled to his feet and cut the line with his pocketknife.

Talmage sat up, rubbing his back. That was no Monster.

"Stop laughing, Paolo," Leonard warned. "It's not funny."

But Talmage could tell that Leonard was holding back his own chuckle. The man revved the motor to a roar. "We'll see you later, Bryan." With that, they sped off.

Talmage's dad dropped his pole and took off his hat. He chucked the hat to the deck.

Talmage stared at the hat, and then he looked at his father. "You okay?"

Dad took a few seconds to compose himself. "Yeah." He looked at the horizon and finally picked up the hat. "We're heading home." He yanked on the motor pull.

That evening, Dad didn't say much. He sat in the living room in his tattered wingback chair, staring at the empty fireplace like it was a TV set.

Talmage tried to cheer him up. "Come on, Dad. It was Leonard's loud and obnoxious boat that ran the Monster off. We'll get him tonight. I just know it."

His father didn't say anything.

Talmage began to worry; he'd never seen him this down over fishing. "Dad?"

"Talmage," his father began, "you know my story about the Monster, right?"

"You said it was the best day of your life," Talmage recalled. "No one had ever done what you had—hook the Monster."

"Right," Dad said. "It was the best day of my life. I had the right weather. The right tackle. The right fishing spot. I had taken Grandpa's boat out all by myself."

Talmage nodded, remembering the details of the story.

"But I never told you that day was also my worst. Grandpa didn't believe me when I told him I had hooked the Monster."

Talmage frowned. His own dad hadn't believed him?

"And I saw the way Leonard and Paolo looked at us today. It wasn't just me they were laughing at. It was us."

"Who cares?" Talmage said. "We're catching the Monster, Dad. You had him, and I believe you."

Dad's face grew stern. "Talmage, it's over. Trying to catch a fish I haven't seen in twenty years is impossible." He shook his head. "Impossible. Now I sound like Dad."

Talmage stared at his father. He didn't like to see him act this way.

"The funny thing is," Dad continued, "when I had the Monster on the line, the radio was playing Grandpa's favorite song. I remember wishing so badly that he could have been there with me. What a moment we would have had!" He began to sing.

"You put the hours in and the day is done; it's quittin' time. But when it comes to getting what you want, from the moon to the sun, you never give up. You never give in.

"Grandpa wasn't a believer in the Monster, like some of the townsfolk here. But to his credit, he was a big believer in me. He taught me to never give up in life—to go after what I wanted."

Dad got up from the chair. "And I wanted that fish. But it's time to stop. I'm not going to let you follow in my footsteps. Not this way." He sighed. "I give up." He ruffled Talmage's hair and headed to his bedroom. "Night, son."

That evening as Talmage lay in bed, he thought about what his father had said and how sad his father had looked. Talmage made a silent vow to the Monster and to his father. His dad had given up, but he hadn't. He was going to catch that fish, once and for all, and he spent the entire night thinking about how he was going to do it.

On Monday, Talmage pretended to sleep while he waited for his dad to go to work. As soon as Talmage heard the front door shut, he jumped out of bed with a notebook in his hand. He got dressed and grabbed everything he needed from the shed where they kept the fishing supplies. He loaded the motorboat and headed out.

When he arrived at the mouth of the river, he opened his notebook and looked over a matrix he had drawn. Three columns were labeled *Bait, Location,* and *Weather.* Each row represented a time of day. He knew Dad had always tried to fish for the Monster by looking for conditions that were similar to the day his father had hooked the fish. But after twenty years, Talmage figured it was time to try something new. What if the fish didn't like Dad's lure anymore or preferred a different spot? Talmage figured if he noted the weather and methodically changed the variables that he could control, like the bait and the location, he would eventually discover the right combo and nab that fish. Talmage filled in the first row in the matrix: *Chartreuse Crankbait, Mouth of River, Warm and Sunny.*

For company, Talmage switched on the radio. He adjusted his baseball cap and cast his line. If anyone was going to catch the Monster, it would be him now that he had "the system." Talmage smiled.

That month of June, Talmage tried different lures at all times of day at the mouth of Wallamaloo River. He grabbed every chance he could to fish, usually when his father was at work, fast asleep, or out for a ride on his motorcycle (something his dad did a lot since he gave up on the Monster). By the end of the month, Talmage's notebook was one-third full of entries, but still no Monster.

Nevertheless, Talmage's determination didn't flag. He still had dozens of locations to try. Talmage began fishing at Quarry's Cove, Gillman's Point, and Wheaton's Dock. He swapped out the lures and fished in all sorts of weather: rain, wind, and scorching heat.

Still no Monster.

By the end of summer, the notebook looked beat up; it was full, and Talmage was beginning to wonder if he was meant to catch the fish after all. On the last weekend before school began, Talmage sat on his bed and mulled over the entries in his notebook. Was there any combination he hadn't tried?

His father knocked, and then the door opened. "Talmage, have you seen my fishing pole?"

Talmage quickly closed his notebook. *Dad's pole.* He had been so eager to get to bed last night, he hadn't put it away. It was in the boat. "Um … no."

His father scratched his head. "I know I stored it in the shed ages ago. But it's not there. I wanted to sell it."

"Sell it?"

"Yeah." A flicker of sadness crossed his father's face. "No sense in keeping it. Someone must have taken it." He sighed. "It's just as well."

After Dad left, Talmage stared at his notebook. He didn't know how much longer he could stand seeing his father miserable over the Monster. He opened the notebook and studied the last few pages again. He had to find a way. As he scanned the entries, a new possibility came to him. Talmage's heart sped up a little as he thought it over.

There was one more combination he hadn't tried.

That evening, when his father was asleep, Talmage went out on the boat, more determined than ever. He motored out to the mouth of the river and threw on Dad's old lure. He never thought to use Dad's lure and go to the same old spot. What if it wasn't the bait or the location, but the fisherman? Dad had said the fish had looked scared of him. But the Monster didn't know Talmage. It was worth a try.

Talmage flipped on the radio and cast his line. He waited patiently, knowing that this was his last hope. Over and over again, he cast his line and reeled it in. Hours went by with the stars twinkling above and eventually Talmage couldn't ignore the sinking feeling growing in his stomach. He began to hate fishing, the Monster, and his vow to catch the fish. A Beatles song came on the radio, and it instantly brought Talmage back to the day that he and his dad had caught a monster all right—a monster of a tire! *Funny how a song can bring you right back to the moment,* Talmage thought. Paolo's laughter. Dad chucking the hat. He'd never forget that day. It had started out great, and then it quickly became one of the worst days of his life. Just like the day his father had hooked the Monster. What a curse!

Talmage straightened. *Wait a second.*

Just like the day his father had hooked the Monster.

He reeled in the line and turned on the motor. He had to get back to the house. Quick.

He burst through the door of his father's bedroom. "Wake up, Dad! We have an appointment with the Monster!"

His dad sat up in bed and squinted at Talmage. "What are you talking about?"

Talmage tugged at his father. "We have to try one more thing."

"Talmage, what on earth?"

But Talmage wouldn't let his father stay in bed. He wouldn't let him give up. He made him get dressed and dragged him outside. "Today is the day," Talmage said. "I just know it!"

The sky was still dark, but soon it would welcome dawn. "Hurry, Dad! It's almost six."

As Talmage started the boat, he made his father look at the notebook. Talmage filled him in on the way to the mouth of the Wallamaloo River. "See, Dad? All summer, I've been trying every possible thing to catch the Monster. But we know the Monster isn't some ordinary fish, yet we've been acting as though he thinks and behaves like one. That doesn't make any sense!"

His father listened as they went to the spot where they usually fished.

"He's not any old fish attracted by regular old lures." Talmage cut off the motor and pointed at the radio. "What was that song, Dad? What was Grandpa's favorite song? Sing it!"

Talmage's dad stared at Talmage in disbelief. "What?"

"Sing the song." Talmage tried to remember the words. "Something about the moon and the sun."

Talmage's father stared at his son. "Oh, what do we have to lose?" He looked at the deep, murky water. The moonlight shone over its surface.

He began to sing.

"When the hours are in, and the day is done; it's quittin' time. But when it comes to getting what you want, from the moon to the sun … "

Talmage joined in. "… you never give up. You never give in."

The lake grew eerily quiet. For a moment, it seemed like the lake was listening.

"Again," Talmage whispered.

"When the hours are in … " they sang.

The boat suddenly began to shift. Small waves formed in the water.

"Talmage?" his father said.

Talmage kept singing. "Get the pole, Dad."

"We don't need the pole," his dad said. "I think he's coming right to us."

Talmage stared at the growing ripples in the water. His father was right. "Keep singing," Talmage whispered. Neither of them dared to move.

" … From the moon to the sun … "

The ripples grew even larger. The Monster was coming.

"You never give up … "

Something began to rise from the surface, just as rays of sunlight hit the water.

Talmage could feel the boat rise from the force of the waves, and what emerged was bigger than anything Talmage could have imagined. He swallowed. " … you never give in."

And then he saw it. The Monster's brilliant emerald green head. The dark orb of his eye.

The eye was so big Talmage could see himself and his dad in its glassy reflection. Talmage could hardly breathe, but he wasn't scared.

Neither was the Monster.

"There you are," Talmage's father whispered.

Then as quickly as the fish had come, it slipped into the water with a splash that echoed across the lake. The boat rocked from its wake.

Talmage and his father stood in silence as the lake grew still again.

Then Talmage realized something dreadful. "Dad, we didn't catch him."

His father put his arm around Talmage's shoulder. "It's okay."

Talmage stared at the spot where the Monster had been. "Who's going to believe us?"

"It doesn't matter," Dad said. "I got what I wanted."

Talmage wrinkled his face. "No, you didn't."

His father looked at him. "Talmage, all I wanted to show you was that if you don't give up, anything is possible. But you know what?"

"What?"

"You just did that for me instead." He gave Talmage's shoulder a squeeze.

With those words, Talmage gazed at the lake again. His father was right. It was one of the best days of his life, and the deep, murky water of Wallamaloo Lake was as clear as it could ever be.

5

Break a Leg

Mrs. Huff tacked up a poster in the hall outside the school auditorium. Eager students in the drama club gathered around. "It's official," Mrs. Huff said, facing everyone. "Our musical has been chosen. Tomorrow, I'll hand out scripts so you can practice for auditions next week. Good luck!"

Samantha stood on her tippy-toes to look at the poster, but Trista, one of the tallest girls in the club, was blocking her view. "We're going to do *Little Shop of Horrors!*" Trista exclaimed to her friends.

Yes! Samantha loved that story. It was so full of hope, so full of dreams.

Samantha's best friend, Reina, seemed just as excited. "Wardrobe for that will be fun." Reina always did wardrobe; she wanted to be a fashion designer one day. "What about you, Samantha? Tell me you're trying out for a part."

Samantha's enthusiasm quickly faded. She bit her lip. *Should I try out this time?*

Trista spun around. "Why would Sam try out for anything?" She put an arm around Samantha. "We need her to be a stage-hand like last year. Right, girls?"

One of Trista's friends nodded. "Who's going to move the set around and fetch us water?"

"Yeah," another friend added. "Plus, we'd like to keep the show accident-free, if you know what I mean," she smirked.

Samantha's cheeks burned. No one would ever forget about what had happened the last time she starred in a musical. *Ugh.*

"Besides," Trista added, "my dad says if I get the lead, he's going to fly in Mr. Mason, a big talent scout from New York, to see me perform. You wouldn't ruin that opportunity for me, would you, Sam?"

Samantha swallowed. Trista's father was the mayor, and Trista could really make Samantha's life miserable if she didn't cooperate. The last student who dared to ruffle Trista's feathers had to move out of town; the pet dog was suddenly declared a noise disturbance, and the family wouldn't give him up. At least, that was the rumor.

Samantha sighed. "Of course, I won't ruin it for you."

Trista smiled with satisfaction. "I thought you'd agree, and my girls will take the chorus parts, right?" Her voice got louder so everyone standing nearby could hear. "Right?"

Everyone nodded.

"Then it's settled," Trista said. "You and the others will be supporting staff. We'll handle the rest." Trista sauntered off with her friends.

"The nerve," Reina said. "Playing 'politics' to get her way. It's disgusting."

"It doesn't matter," Samantha said. "I wouldn't have tried out anyway."

"Why not?"

Samantha stared at Reina. "Hellooo, who can forget that I, Samantha Shannin, cancelled the entire school's performance of *Annie* because Annie—me—fell off the stage and screamed bloody murder over a fractured tibia? I singlehandedly gave the phrase 'break a leg' a whole new meaning."

Reina frowned. "That was two years ago."

"I know," Samantha said. "But I also like doing the stagehand stuff too, so it's fine. Really." Sort of.

Reina raised an eyebrow. "Is that so? Being a stagehand is not why you're in the drama club, and you know it." She turned to leave. "I'll see you tomorrow."

After Reina left, Samantha walked home, thinking about what Reina had said. Her friend was right. The whole reason she was in the drama club was because she loved theater and everything about it, but what she wanted most of all was to sing in a musical. She had dreamed of Broadway since she was big enough to hold a hairbrush for a microphone and throw a feather boa over her shoulder.

Samantha stopped in the middle of the sidewalk and imagined herself as Audrey, the lead, singing "Suddenly Seymour." The crowd would be dazzled. But the next image she saw was herself falling into the orchestra pit. *Crash!*

As she shrieked in agony, trying to extract herself from the timpani drum, Trista would be looking down at her, hands on hips. "Audrey should have been *mine.*" Then hundreds of kids would flock to the scene and whip out their cell phones, snapping pics of Samantha's little mishap.

Samantha's vision faded, and the neighborhood came into view again. Try out for Audrey? *Forget it.*

The next week at auditions, only Reina dared to challenge Trista for the lead, but she didn't get the part. Reina couldn't sing a note if her Christian Lecroix vintage purse depended on it. Later that day, Reina and Samantha hung out on Samantha's bed in her room. "At least I tried," Reina said. "Someone has to take the she-monster down. I think Mrs. Huff is dying for anyone besides Trista to play the lead. You should have auditioned—you would have beaten her."

Samantha shook her head. She wasn't ready to face Trista's wrath if she had gotten the part. "It's just not my time, but at least you get to be an understudy. That's a step."

Reina grinned. "I bet Trista can't stand that. Why don't we get sick and cough on her a few days before the show? Then when she comes down with a horrible case of strep, I can take the lead and put Trista in her place."

The idea was appealing. But … "It's just not worth it. She'll be a fine Audrey."

Reina tossed a pillow at Samantha. "You're driving me nuts! Don't let Trista take away your dreams. You're scared of her."

"No, I'm not."

"Yes, you are."

The truth was Reina was sorta right. Samantha was worried about Trista, but what Reina didn't know was that she was more worried about messing up the whole show. She just couldn't bring herself to do that again, dream or no dream.

Over the course of the next two months, the club focused on the production of their new musical. As the weeks went by, it irked Samantha more and more that Trista had the part. She was just so mediocre. She couldn't remember her lines. She would always get the blocking messed up, and she danced like a gangly giraffe. Samantha felt sorry for Mrs. Huff. Her teacher always looked like she would rather wallpaper her bathroom than coach Trista through her part.

To make matters worse, Reina was having a tough time being an understudy. Not only was Samantha working on the set design, but she was also helping Reina rehearse in the evenings.

"Why did I try out for Audrey?" Reina moaned. "Now I'm thinking Trista better not get sick or I'll make a fool out of myself."

"It'll be fine," Samantha said. "You've got the blocking down. Your lines are almost memorized. The only thing that's messed up is the singing."

Reina threw up her hands. "This is a nightmare. I'm going to get Trista back for being so mean."

"Is that so?"

"Yes, I am." She narrowed her eyes. "Wait until you see the outfit I've picked out for her. She'll totally love it."

Sure enough, just before dress rehearsals the following week, Reina presented Trista with her wardrobe selection. "I can't wear that outfit!" Trista complained. "It looks so used … and wide … and frumpy!"

"The show has practically no budget," Reina explained. "I had to make do with whatever we already had in the theater department. They're your size, and they'd be perfect for Audrey's part."

"My size?" Trista clutched the potato sack of a dress. "These stripes will make me look huge. I'll do my own wardrobe, thank you very much." She tossed the dress at Reina.

Mrs. Huff stopped her work with Eric, the boy who was playing Seymour. "Trista, wear what Reina chose. I'll have no prima donnas on my set; you're not in Hollywood yet."

"But Mrs. Huff," Trista protested, "I can't wear used clothing. I could have a severe allergic reaction."

Mrs. Huff let out a slow breath. "Get a doctor's note."

Trista smiled. "I will." And the next day, she did.

She also came back with a new outfit to wear. Samantha had to admit the leopard print dress and fur stole looked great for the part. "Mom had it custom-made." She held up a pair of insanely tall matching pumps. "They're designer. Made out of real leopard. Can you believe it?"

Everyone gawked. Reina stuck her finger down her throat.

By week's end, the club was ready for dress rehearsal. After listening to Trista warble the music for weeks, Samantha couldn't wait for the show to be done. The pressure of Mr. Mason coming to town was also making everyone nervous. Mrs. Huff didn't want anyone to mess up. Eric was nervous, the chorus was nervous, even the kids controlling the man-eating plant were making the plant shake too much.

As Samantha worked on the finishing touches for a set piece, Mrs. Huff stepped off the stage while Trista and Eric practiced a duet. She rubbed her temples like she was having a migraine. "Samantha," she said, lowering her voice, "why couldn't you have tried out?"

Had Mrs. Huff completely forgotten that Samantha had single-handedly destroyed an entire musical? "Um … Trista is much better than I would be," Samantha stammered.

Mrs. Huff glanced back at Trista, who was trying to dance and sha-la-la at the same time. "Are you sure about that?"

Samantha swallowed. "Uh-huh."

Just then Eric's voice cracked.

"Well," Mrs. Huff said, "there's nothing to fear but fear itself. All of my students need to learn that. Including those two."

Samantha nodded.

"Do it again, Trista!" Mrs. Huff called. "It's supposed to be a shuffle-step, not the polka."

Samantha watched Mrs. Huff return to the stage. She was so glad she wasn't up there.

The next evening, everyone geared up for the big performance. Reina was running around in the dressing room, helping Trista and her posse get ready. Samantha leaned against one of the lockers, wondering how long everyone was going to take. The show would be starting soon.

"I can't believe my zipper broke," one of Trista's friends whined. Even Trista was looking a bit off. Her eyes were tearing up and she was clutching a tissue. *"Aaaaachooo!"*

Reina's eyes bulged as she tried to fix the zipper. "Trista, you don't have a cold, do you?"

"Hardly," Trista said with a stuffy nose. "I'm allergic to my clothes."

Samantha and Reina stared at her. "What?"

Trista gestured to her dress and raised her leg, pointing her shoe in the air. "Allergic to leopard. Can you believe it? The doctor just figured it out yesterday. I told you I was allergic to stuff."

She rubbed her eyes and blinked a few times. "But the show must go on!" She stood up. "I'll be fine."

Reina looked frazzled. "Samantha, she better be fine. I'll die if I have to take her place."

Five minutes before showtime, Samantha and Reina peeked at the audience from the wings. The school musical was one of the town's biggest events. Every seat in the house was taken. With that many people there, Samantha wondered if she should have auditioned. She longed to sing to a packed house.

Her heart felt a tug of regret.

Reina seemed to know what Samantha was thinking. "One day, you'll sing."

The lights dimmed and the music started.

Eric moved onto the stage to act out his first scene as Seymour. Then Trista showed up next to Reina and Samantha. She wiped her nose. "How do I look?" she whispered.

Reina and Samantha stared at her. Trista looked awful. Her stage makeup was completely destroyed. Mascara ran down her cheeks, and her nose was as red as Rudolph's. *"Aachoooo!"*

"Shhh! You should probably change," Reina whispered. "I'll give you the clothes off my back so you can get out there."

"No need," Trista said, waving her hand as if to shoo Reina away. "Mr. Mason has to see a star on the stage, and I can't be seen wearing your rags. My outfit is what Audrey would wear, and that's who I am tonight. For Mr. Mason."

She waited for her cue, and then she tottered out to the stage in her heels.

"Could she be more obnoxious?" Reina said.

"Aachoo!"

Samantha shook her head. "I can't look." It made her sick to see Trista ruin a great show. She retreated backstage and waited for the first act to play out so she could help with the next scene change.

Everyone managed to make it to intermission without much incident. But when Samantha saw Trista in the wings, she doubted the girl was going to last through the whole play. Her eyes were bloodshot. She had gone through half a box of Kleenex. Everyone wondered if she needed a medic.

"I'm an actress," Trista said vehemently. *"Aachoo!* I won't give up over something like this. "

"Trista," Mrs. Huff said, "you clearly have a medical condition."

"Please, Mrs. Huff, I can do this," Trista insisted. "I'm totally fine. I won't let Mr. Mason down."

Reina stepped in. "Mrs. Huff, you gotta let her go on that stage." She crossed her fingers behind her back. "This is her dream."

"Oh, all right," Mrs. Huff relented, and Trista went out again.

"Just a few more numbers," Reina whispered to Samantha, "and I'm home free."

They watched as the duet for the song "Suddenly Seymour" began.

Trista's voice was growing hoarse, but she was still able to croak the lyrics. Samantha found herself admiring Trista for being so determined, even though she was making a hot mess of the show.

Suddenly, Trista stopped singing. She pursed her lips and squeezed her eyes shut as if trying to hold something back.

Uh-oh. What was she doing?

"Aaaaaaaachhooooooo!" Trista sneezed so hard she stumbled in her heels. She fell off the stage.

The crowd gasped. Samantha's heart skipped a beat as Trista crashed into the orchestra pit.

Was she hurt? Samantha and Reina rushed down the stage steps toward her.

"I'm fine!" Trista shouted immediately. She sprang up from the pit. Her dress was torn and her hair was sticking up everywhere. "I'm fine!" She plucked a violin bow out of her hair. "See?"

The crowd let out a collective sigh of relief as the lights came on. The audience showered Trista with applause, glad she was safe.

Mrs. Huff hurried to help Trista.

"I can still do it, Mrs. Huff," Trista pleaded. "Pleaasssse! I can finish the show. I haven't broken a leg or anything! DADDY! MR. MASON, ARE YOU SEEING THIS? I AM STILL GOING ON! I'M A TRUE STAR!"

But Mrs. Huff wasn't having it. She led Trista out of the pit as fast as she could. As she passed Reina and Samantha, she said, "Reina, it's showtime. Get up there."

The lights dimmed again, and the crowd settled down.

"No way!" Reina hissed. "I can't do this. You go."

Samantha looked up at the stage. "Seymour" was just standing there, alone, looking like he was desperate to get out of the musical himself. The crowd was silent. Samantha bit her lip. The open stage was beckoning to her, but her insides spun with nausea. She was scared. What had Mrs. Huff said? There was nothing to fear but fear itself.

Samantha swallowed. Then, suddenly, she was tired of being afraid. Her hands clenched into fists. She couldn't give it any more power. That stage was meant to be hers.

She moved toward the stage and climbed the steps.

Someone noticed who she was. A boy shouted, "We always loved you, Sam!"

"Yay, it's Samantha!" shouted a girl.

Samantha stood a little taller. Maybe the audience had forgotten what had happened two years ago. Or … maybe she was the only person who had not.

More people cheered for her. She noticed a man in a fancy suit, sitting front row center. *Mr. Mason.*

Samantha stood beside Eric and took in a breath.

Maybe this was her time now.

She waited for the music to begin, and she sang.

She belted out the tune like it was the first and last song she would ever sing.

As the crowd rose and cheered her on, Samantha was that little girl again, singing into a hairbrush with the feather boa over her shoulder.

She was finally at home.

At home on the stage. Full of hope. Full of dreams.

She would never be afraid to go after her dreams again.

6

Oh Rats!

When Alec came home from school, his father called to him from his study. "For the twentieth time, Alec, please clean your room! Your mom and I have other things to do, like taking care of the baby."

Alec groaned as he dumped his backpack in the foyer. "I'll get to it, Dad."

But Alec never got to it. Why should he? His mother always did it for him anyway. He had other things to do, like hanging out with his friends. Even plucking his eyelashes out, one by one, would be more enjoyable than cleaning.

"Son, you need to show some responsibility," his father warned. "Your mother won't keep cleaning up after you anymore."

Alec shrugged and went to the kitchen. He doubted Dad really meant it. He grabbed a banana from the counter and went to his room. To prove his point, he smiled at the respectable mess, ate the banana, and dropped the peel to the carpet. *Just wait and see.* Then he went outside to find his friends at the park.

What Alec didn't know was that his father really did mean it. That very evening while Alec slept, his parents quietly discussed their son's fate in their bedroom. "The boy has no respect for authority," his father said. "Not a modicum of responsibility."

"I agree," his mother said as she placed a sleeping Serena in her crib. "If not him, then who? If not now, then when?"

"Without a doubt."

"I know what we need to do … " His mother let the words hang in the air and smiled.

"What?" Alec's father leaned in as she laid out her plan.

They were going to do something unthinkable, unimaginable—unspeakable!

They would do … absolutely nothing.

When Alec awoke, the scent of banana drifted to his nose, and he wondered if his father was making banana pancakes. He grinned, stretched, and plucked a dirty sock off his T-shirt. Blurry eyed, he got out of bed to get ready for the day. As he crossed the room, he slipped and fell to the floor. *Ugh!*

To Alec's surprise, yesterday's banana peel was still lying out. Hmmm. Perhaps Mom hadn't gotten to her regular room inspection yet. He peeled the banana from his foot, got up, and laid the peel nicely on the floor again.

When Alec returned home from school that day, the house was eerily silent. Alec peeked down the hall. "Dad?"

"Yes, Alec?" his father called from his study.

"Just checking." Usually someone would ask him to get to something right when he came in. He went to his bedroom and opened the door.

That was odd. The banana peel was still on the floor. "Mom?" Alec called.

"What is it?" his mother suddenly replied from the neighboring room. Alec flinched from surprise. His mother stepped into the hallway with baby Serena, who was sucking a pacifier, on her hip.

"Why does my room still look the same?" Alec asked.

His mother's face drew a blank. "Were you expecting something different?"

"Um … " He couldn't very well say that he was hoping his mother had picked up his room. "No. Everything's fine. See you later, Mom." Confused, he stepped inside and shut the door.

As he surveyed the mess, he crossed his arms and tried to figure out the perplexing situation. Then it came to him. He knew exactly what his parents were up to. *This meant war.*

For the next week, Alec not only let his mess grow, he went out of his way to make it worse. He knew that there would be no way his neat-freak mother and watchful father could stand to see Alec's room turn into a disaster. Naturally, they would have to give in first.

But what Alec didn't know was that his parents had already seen worse from their children—vomit in cars, urine on the walls, and blowout diapers. Piles of dirty clothes, food crumbs, and rotten banana peels didn't faze them.

Alec still refused to pick up his room. If he did, he would upset the balance of the universe. In Alec's mind, things like the cleanup of bedrooms were better left to the people who did them best. His mother was great at it; he was not. If he picked up after himself, he would be sending the wrong message; his parents might actually believe he was capable of such a task, and then things would really change.

So Alec continued to sully his living quarters to a reprehensible state. It got so bad that Alec had to hurdle piles of clothes and junk just to make it to his bed. The stench of rotting bananas began to mix in with the odor of moldy cheese. Even Alec could hardly stand the smell, so he opened the windows for some fresh air. He stuck his head out the window and smiled. Problem solved.

Another week went by. Since his parents still hadn't lifted a finger, Alec dirtied his room with a vengeance, thinking his parents would surely cave when trash began to flow out of his window and into the yard.

Word spread among his friends who had caught a glimpse of Alec's mess from the bus stop.

"Dude, your room is an epic disaster!" one commented.

"I can't believe your parents don't make you clean that," said another. "*Lucky.*"

"You should post a video of it to the Internet," said a third. "It's inspiring."

His friends wholeheartedly supported his cause. If Alec won the battle against his parents, they vowed they would do the same thing themselves and end all room-cleaning for good. Hearing this, Alec felt a surge of pride.

But the next week came and went. Instead of being magically clean, Alec's room looked like it needed to be quarantined in a self-contained bubble to prevent the spread of communicable diseases. On top of that, Alec had run out of clean clothes. Before he resorted to re-wearing his dirty stuff, he rescued really old clothes from the depths of his closet. Problem solved again, even though his Batman pajama bottoms were cutting off his circulation.

A week later, Alec began to hear scritching sounds coming from under his bed at night. *Scritch, scritch, scritch!*

Alec tried to ignore it and closed his eyes to sleep. But the sounds persisted. *Scritch! Scritch!*

He snapped on a pair of headphones and smiled. Once more, he'd found the perfect solution to the problem. Now he only had to endure the feeling of tiny rodent feet skittering across his chest while he slept.

Not long after, things changed at last. The phone began to ring off the hook. Neighbors complained to Alec's parents. Rats had been seen streaming in and out of Alec's bedroom window.

Alec quietly picked up the phone and eavesdropped.

"My wife is thinking about serving ratloaf for dinner," a neighbor said. "You must stop this at once."

Alec grinned. His parents would have to fix this at last. If not them, then whom? If not now, then when?

To Alec's complete astonishment, his mother and father did … absolutely nothing.

What Alec didn't know was that his parents had been through much worse—his father's family had escaped from a war-torn country. His mother filed their taxes every year, without an accountant. A bunch of rats scurrying in and out of their house didn't faze them.

Soon enough, the neighbors grew angrier. Alec's family was reported for city violations. When large birds and stray cats began to circle Alec's home to hunt the rats, a concerned citizen appealed to Animal Control. But nothing could be done to make Alec clean his room. While Alec's parents could be held responsible for damage to other people's property, the city could do nothing if the rats and other animals were only interested in Alec's room. Also, according to the current municipal code, even flocks of birds and droves of cats could not be removed from private property if the animals were indigenous to the town. The city certainly couldn't arrest stray felines for mewling on fences or flying fowl for pooping on the neighbors' heads. The city's hands were tied.

So Alec's parent's continued to do absolutely nothing!

Alec's friends cheered him on. Classmates wore T-shirts that read, "Get your mess on!" Others wrote a song called "Dirty is Purdy!" to show their solidarity. Still others carried rubbery gray rats with them to demonstrate that they, too, could live in peace with these adorable creatures.

"Dude, I wrote about you as 'My Hero' in English class," said a classmate as they passed in the hall.

But despite the support, Alec wondered exactly how long he could wake up in the morning to several large hawks staring at him from his bedpost.

Outraged by the city's inability to stop a growing catastrophe, the neighborhood began to picket. By the fifth week, Alec's messy room made the five o'clock news and the front page of *The Bugle:* "City Hall Needs a Cleanup to Clean Up Boy's Room." Embarrassed by the publicity, City Council called an emergency meeting; new laws would have to be passed to persuade Alec to clean up his room and prevent another situation like this from happening again.

The next day, a letter was tacked to Alec's front door.

PUBLIC HEALTH NOTICE

Due to recent events, City Council has begun a new government initiative aimed to protect the health and safety of our citizens—C.L.E.A.N. (Children Living, Eating, and Acting Neatly).

C.L.E.A.N. inspectors will be conducting random inspections of children's rooms. If a room is declared messy, C.L.E.A.N. inspectors will issue a verbal warning and demand the room be cleaned within twenty-four hours. A second violation will result in the forfeiture of one month's allowance to C.L.E.A.N. Upon receiving a third violation, the child will be grounded in his or her home and issued a standard orange jumpsuit. Activities will be limited to completing extra homework and potty breaks chaperoned by C.L.E.A.N. personnel.

Any child who is cited for a violation will be required to perform forty hours of cleaning training, which will include, but is not limited to, vacuuming, home organizing, and toilet bowl scrubbing.

This Order is hereby in effect as of TODAY.

Yours in Cleanliness,

City Council

Alec gulped. Things were really about to change, but not for the better.

His phone rang off the hook again. This time, every kid in town was calling to yell at him.

"Way to go, Alec!" one complained. "Why couldn't you pick up after yourself like you're supposed to?"

"Someone in a gas mask is bluelighting my underwear drawer right now," said another. "How could you do this to us?"

"Alec, I'll never forgive you!" said a third. "Orange is soooo not my color!"

As Alec listened to every angry call, he stood in his bedroom and watched baby Serena play in a pile of his litter. It was only a matter of time before C.L.E.A.N. inspectors would arrive.

Just then, Baby Serena's paci popped out of her mouth and landed in the pile. She grinned.

A siren went off and six men in protective suits invaded the room.

Alec's pride over the state of his room quickly faded.

Was this what he wanted?

For other people to take care of it?

He looked at the sea of trash, a wallaby-sized rat gnawing his way through the pillows, and the men who were sweeping Serena for parasites.

Was this what he wanted for his baby sister's future?
He had his answer.

That day, Alec began to clean up his room, but unfortunately he couldn't finish within the allotted time—his room was too far gone. Alec had plenty of time to think about what he had done during cleaning training, while he fluffed pillows and polished a toilet bowl under close supervision. Still, Alec marched onward and never failed another inspection.

But what Alec didn't know was, to his parents, a clean room was only the first of many things that were about to change in his life.

"Honey," Alec's mother said to her husband, "I think it's time that Alec understand that we are not going to finish his homework for him anymore."

Alec's father smiled. "Without a doubt."

7

Code 7

Duration homeroom, Kaitlyn listened from her desk as Principal Cooler made an announcement over the loudspeaker.

"I look forward to this week every year," the principal said. "Imagination Week is about imagining the world as a better place and then making it happen. I love team projects—this year is no exception!"

Kaitlyn sighed. The thought of a team project made her uncomfortable. She placed a hand on the messenger bag resting in her lap. Since moving to Flint Hill from New York City a year ago, she hadn't tried to get to know anyone. She preferred to keep to herself.

" … Teams will be assigned today; you will need to come up with a team name and get started on your plans. The winning group will get a pizza party for their class."

A collective cheer rang throughout the room. No one could resist a pizza party.

Katilyn's teacher, Mr. Loh, called out names, dividing the class into three groups of seven. Kaitlyn slung her bag over her shoulder and moved to the rear of the room to join her team. She didn't know any of them well, but she thought the Sebastian guy had caused a scandal at the school by selling bad candy. *Great.*

"Let's get started," Sebastian said. "We need to delegate tasks to the right people if we wanna go big. Trust me. I know from experience."

"What's the rush?" Alec interrupted. "We haven't even decided what we're doing yet." He looked at Jefferson. "Jefferson, come up with an idea everyone likes."

Jefferson swallowed. "Me?"

"You've done it before. Everyone went gaga over your mural."

"No, no," Talmage said. "Let's start with our own ideas first. I'm sure we can come up with something if we think about it long enough."

"I've got it," Samantha said. "We could put on a talent show to raise money. I could sing for a cause."

"I like it!" Genevieve said. "Maybe our cause could be about animals. What do you think, Kaitlyn?"

Kaitlyn bit her lip. "A talent show sounds okay." *So long as I'm not in it.* She wasn't sure she even possessed a true talent.

"Hold on a sec," Sebastian said. "Who wants to prance around on stage for a cause?"

"Even *I* wouldn't do that for a pizza party," Alec added.

"Me either," Talmage said.

"How are we going to make the world a better place?" Jefferson asked. "We need a cause. That's the point of Imagination Week. We could do something to support artists. Practically all of them are starving, you know."

"Agreed," Samantha said. "Singers are artists too. A lot of them resort to singing on the streets."

"What about the cats and dogs?" Genevieve asked. "So many are starving and living on the streets. They're helpless."

"Genevieve has a point," Alec said. "There are a lot of hungry, homeless animals out there. I know from experience."

"No, no … " Sebastian said, lost in thought. "We have to give small businesses a leg up. Now there's a cause."

Talmage piped in. "I know! We should do an obstacle course with all sorts of crazy challenges."

Everyone stared at Talmage.

"Why would we do that?" Alec asked.

Talmage lit up. "Because it's a cool idea?"

As the group debated ideas, Kaitlyn watched the conversation ping-pong back and forth. She wished she could point the video camera in her bag at all of them and capture the process. As the discussion went on, each teammate only became more convinced of his or her idea. "Without art," Jefferson said, "the world would be a very ugly place."

"But what about music?" Samantha said.

"Cats and dogs," Genevieve argued.

Sebastian paced the floor. "But businesses are the fabric of our community."

Talmage kept pushing the obstacle course idea.

Kaitlyn sighed again. There was no way this group could decide.

"What about you, Kaitlyn?" Genevieve said. "What do you think?"

"Um … " She had no idea what they could do. "Maybe we should spend the week working on something we each like." That would buy her more time. "Then on Friday, we can vote for the project we'll present on Monday."

Everyone looked at each other.

"That's genius," Alec said.

"Great idea," Samantha agreed.

"I don't see why not," Sebastian concluded. "One last order of business, we need a team name. Any thoughts?"

Decide something else? *Forget it.* "Why don't we wait on that name until we know what our project is?" Kaitlyn offered.

"Makes sense," Jefferson said.

"All in favor say aye," Sebastian said.

"Aye!" everyone chimed, just before the class bell rang.

Kaitlyn smiled. She had gotten what she wanted, a non-team project. But she still had a big problem. What was she going to do for her project? As she sat in her room that evening, she pulled the camera from her bag and rested it on her desk. She knew that it would involve her camera, but she didn't know what she would film. She didn't even have a cause, like "save the dolphins" or "find a cure." She filmed people because she loved the small stories that unfolded in front of her camera, like the time her old best friend told her on camera why she had the biggest crush on Chad Rice. Or when she filmed her cousin's high school graduation ceremony and caught the tear that slipped down her uncle's face. Or when Mom received an honor for documentary filmmaking. How powerful she had looked behind that podium, making a speech. Kaitlyn touched the camera.

What would Mom say? Mom always filmed important things. "Things that would change people's minds about the world," she would say.

Could Kaitlyn do that? What would she change people's minds about?

She didn't know, but she knew she had to start filming something. The next day, Kaitlyn met her group in homeroom. She had a proposal. "Does anyone mind if I video you doing your projects?"

"Video?" Alec said. "I don't think stealing our ideas is the way to go, Kaitlyn."

"That's not what I mean." She reached into her bag and pulled out her camera. "It's my project. I want to make a film. Maybe capturing you all working on your projects for a cause is my project?"

Genevieve's eyes lit up. "That's so cool, Kaitlyn. You know how to work that?"

"It looks fancy," Samantha added.

Kaitlyn blushed. "My mom gave it to me. She showed me how."

"I don't care if you film me," Talmage said.

"So long as you get my good side," Alec added.

Everyone agreed to allow Kaitlyn to film them. That day after school, Kaitlyn went with Jefferson to a local bus stop. She recorded with her camera as they walked.

"I want to transform how the town looks," Jefferson said, gesturing all around him. "All of our bus stands are neglected. We could decorate each stand with art, and hire local artists to complete them." Kaitlyn was impressed. It was a great idea.

Next, she met with Alec at the park. "My idea is to beautify the city by asking citizens to pick up after themselves and each other. We leave recyclable trash bags at various locations. So if you feel inclined, you can grab a bag, pick things up, and go. It'll teach everyone that the city's mess is everyone's responsibility."

When Kaitlyn met with Samantha at her house, she filmed Samantha working on a new song. "I want to sing something that will make people care about our world."

The following day, Kaitlyn captured Genevieve using a neighborhood map to establish a system of foster homes for pets. "If every kid at Flint Hill Elementary took an animal in, we could save hundreds of cats and dogs every year!"

Sebastian was drawing up business plans with his little brother, Jason. "I'd like to help small businesses attract more customers through low-cost advertising."

"We could have businesses sponsor my soccer team!" Jason added.

Talmage was building an obstacle course in his yard, complete with climbing walls, ropes, and a mud pool. "I'm going to stick random prizes in the mud that people will have to fish out. It'll be almost impossible to find the magic prize."

Everyone had such great ideas. Kaitlyn worried her project wouldn't seem nearly as good as everyone else's. All she had were random clips of her teammates. What kind of project was that?

Nevertheless, she kept filming because that was what she was drawn to, like some people draw or write. But as the week wore on, things started to fall apart for her teammates. Kaitlyn filmed Jefferson's disappointment as he realized he couldn't do the artist cooperative; starving artists had to be paid, and Jefferson didn't have the money. Samantha was having a severe case of writer's block when she discovered that Stevie Wonder and U2 had already done songs like hers. And Sebastian was pretty sure his business plan might be illegal if he was hoping to use the likenesses of famous athletes on company-sponsored soccer shirts.

When Kaitlyn went to film Genevieve, Genevieve had lost hope for her foster care system. About one-quarter of the student body had a household member who was allergic to dogs or cats. Another half had parents who already had enough to do with their own children's pets, and the other quarter would rather foster iguanas and tarantulas. The only teammate who seemed happy with his project was Talmage.

"We can't pitch an obstacle course because it's *cool* to Principal Cooler," Sebastian said in homeroom on Friday. "We've got to think of something important."

"What about you, Kaitlyn?" Alec said. "You've got something, right?"

Yeah, videos of disappointed teammates, Kaitlyn thought. "Not really."

"But this was your idea," Jefferson said. "To do our own thing separately."

"We let you film us," Samantha said.

"You can use that somehow, right?" Genevieve said, hopeful.

"I say we vote to submit Kaitlyn's project," Sebastian said. "Everyone in favor say aye."

"Aye!"

It was unanimous.

"We know you will think of something brilliant," Jefferson said. "Just see the possibilities."

"Meeting adjourned," Sebastian said.

Kaitlyn left homeroom with the team project resting heavily on her shoulders. Her plan to buy more time had completely backfired. What was she going to do now?

"Wait up!"

Kaitlyn turned in the hall.

Genevieve caught up to her. "You'll need my help."

"No," Kaitlyn said. "I've got it."

"You sure?" Genevieve looked uncertain. "I know we voted for your project, but you don't have to do it alone."

"Thanks," Kaitlyn said. "But I'm okay." She didn't want to involve anyone even more. She'd done enough already.

"All right," Genevieve said. "Call me if you need me."

Kaitlyn nodded. Genevieve was so nice. It was like she was built that way. So caring. If only Kaitlyn had cared as much, maybe she wouldn't be stuck in this mess.

When she got home from school, she loaded everything from her camera onto her computer. What could she change people's minds about? She played through every clip, but it was Genevieve's clips that she watched and rewatched.

Kaitlyn paused the playback on an image of Genevieve's disappointed face when she had learned her project wouldn't work. It was almost as though Genevieve believed every homeless dog and cat depended on her, and she'd let them all down. That was Genevieve's story, so easily captured in thirty seconds of film. Genevieve was always trying to help someone or something.

But what was Kaitlyn's story? Kaitlyn glanced at her reflection in her full-length mirror. She didn't like what she saw—the sadness from her mom's passing and then having to move away. For a year, Kaitlyn had kept her distance from other people because she didn't want them to see that too. She was sure everyone thought she was just a loner. But Kaitlyn wasn't a loner. She was just … lonely.

Kaitlyn stared again at Genevieve on her computer screen. Genevieve cared enough that she offered to help Kaitlyn. Genevieve made her feel not so lonely anymore.

She thought about Imagination Week. Building a better world. She wanted to help Genevieve help those dogs and cats. She reviewed the clips of the others again and tried to focus. She filmed people because she was drawn to their stories. Jefferson's was about artistic vision. Samantha's was about her desire to sing. Talmage loved a good challenge. Alec wanted people to take responsibility for themselves and each other, and Sebastian embodied entrepreneurial spirit. Slowly, a larger story came to her mind—one that was much bigger than all of them combined. *What if …*

That was it!

Kaitlyn immediately contacted her teammates and laid out a plan. Then all weekend she filmed her teammates working on her idea for their new project and edited the film.

Come Monday, Principal Cooler called an assembly for Imagination Week. Presentations went by grade level, and Kaitlyn's team was scheduled to go last. Kaitlyn could hardly sit still. First, the kindergartners came up and acted out a play where they reimagined a world where circle time was required for everyone to promote peace. The crowd went wild with applause. There were projects about poverty, education, and curing diseases. By the time a fourth grade team presented a thoughtful project about staying green, Kaitlyn's stomach was full of butterflies. Finally, it was time.

"And for our last presentation," Principal Cooler announced, "Kaitlyn Williams will be presenting for her team."

Kaitlyn went to the podium and held a notecard on which she had written a brief speech. She took in a breath and remembered how powerful her mother had looked when she had made her own speech.

"Imagination Week is about betterment of the world," Kaitlyn said. "I've learned that one person alone can only do so much. But when we share our stories and work together, we can do so much more." She cued up the film.

A sweet song sung by Samantha played over the loudspeakers. Images of puppies and kittens found on the streets of Flint Hill played on the screen. The audience aww-ed. Then Jefferson came on the screen. He was standing on an ordinary street. "Art has the power to beautify our community." Alec was next, talking about plastic bags and cleaning up the city. The next shot was Sebastian standing beside the owner of a pet supply shop. "People like Nate Romano keep our citizens employed and our animals fed." The screen went black; words flashed across the screen.

Ideas.

Become.

Reality.

The audience saw footage of Nate and his employees in the parking lot of Nate's Pet Supply. Large murals of cats and dogs, created by local artists, captured the attention of passersby. The lot was filled with an obstacle course for dogs and cats and handy poop-pickup stations for cleanup. Flint Hill citizens were checking out animals brought by Animal Control for adoption.

Genevieve held a Chihuahua in front of the camera. "Animal Control needs our help. Adoption events at Nate's Pet Supply save homeless cats and dogs. Your adoption fees and donations give our furry citizens the homes they deserve. Adopt a pet at Nate's next Adopt-a-Pet Event!"

More words and images flashed across the screen as Samantha's song played its final verse.

Individuals.

Work.

Together.

Next was an image of Jefferson helping artists with their murals as the word "Authenticity" appeared on the screen.

Another image came up: a picture of Sebastian shaking hands with Nate and the business council of Flint Hill. The word that appeared was "Character."

A snapshot appeared of Genevieve talking with an Animal Control official as shelter animals looked on. "Care."

Alec setting up pick-up stations with Nate's staff. "Responsibility."

Talmage training a retriever to jump over a hurdle. "Perseverance."

Samantha performing her song for attendees of the event. "Courage."

Then there was an image of Kaitlyn with her camera pointed at the adoption event.

Her word was "Become."

Kaitlyn spoke again as more images of homeless dogs and cats appeared on the screen. "These words tell our stories." Kaitlyn thought of her own story; how she wished her mother could see her now. "I believe all of us can lead epic lives as individuals and teams, not just for ourselves, but for the world around us. This is our promise. This is our code."

An image of her team came up on the screen. Every member held an animal.

"Students of Flint Hill," Kaitlyn said, "we call ourselves Code 7."

Samantha's song faded as the screen went black.

The room was still for a moment, and then it filled with thunderous applause. The crowd began to chant, "Code 7, Code 7, Code 7!"

Kaitlyn let out a breath and smiled.

I did it, Mom.

"Looks like we have a winner," Principal Cooler said. "Code 7 has just won themselves a pizza party!"

Kaitlyn's teammates jumped from their seats and gave each other big hugs. No one cared about the prize. What they had accomplished in the space of a week was far bigger than that.

"This makes me wonder," Sebastian said as he slapped Kaitlyn a high-five. "What are we going to do next?"

"Extreme sports!" suggested Talmage.

Kaitlyn laughed just as Genevieve gave her a hug. "You were great," Genevieve said. Kaitlyn smiled as she rested her chin on Genevieve's shoulder; it had been a long time since she had gotten a hug from a friend.

Kaitlyn glanced at the messenger bag resting in her seat. *I've changed people's minds about something, haven't I?*

But it wasn't leading people to care about homeless dogs and cats that made Kaitlyn so proud.

She had changed; she was no longer alone.

She was Kaitlyn again.

She had become ...

... Kaitlyn ... at last.

THANK YOU
FROM THE AUTHOR

Dear Reader,

Thank you for reading *Code 7*. I hope you enjoyed the book as much as I enjoyed writing it. If you'd like me to know how much you loved the book, I happily accept fan mail as an online book review. I read every review, and more importantly, your review will help others decide if the book is right for them. Keep in mind that your review should be typed by a parent or guardian if you are under the age of thirteen. Please let them know how much you want to share your thoughts with me, and I hope they'll help you out.

Also, look out for my next book *The Proto Project: A Sci-Fi Adventure of the Mind*. If you'd like to learn more about the book or read a sneak preview, please visit www. candywrapper.co.

Sincerely,

BRYAN R. JOHNSON

Visit the website to learn more about the author and the story behind the stories!

www.candywrapper.co

Sign up for author updates

Download the Discussion Guide

Learn more about classroom orders

Get a sneak preview of other books written by Bryan R. Johnson